聖人君子な国王の変質的な寵愛

～淫らに豹変して困ってます～

月乃ひかり

Vanilla文庫

目次

プロローグ……7
第一章　聖人君子はゆるがない……14
第二章　神託のゆくえ……46
第三章　初めての交わり……71
第四章　ハープの甘い音色……111
第五章　欲望は硬く……144
第六章　淫靡なおしおき……167
第七章　狩猟祭……203
終　章　ありのままに……229
エピローグ……269
あとがき……282

イラスト／漣ミサ

プロローグ

――今夜こそはもしかしたら。

結婚一周年の夜だもの。

アンジェリカの準備は万端だった。

夫との記念すべき夜を迎えるために、万全の支度を整えたのだ。

王弟妃でアンジェリカの良き理解者でもあるシャルロッテの助言に従い、ネグリジェだって特別なものを用意した。

――すべては今夜のため。なんとしても今夜こそは……！

いまアンジェリカが身に着けているのは、花模様のレースがあしらわれたキャミソール風のネグリジェだ。

羽のように軽くて薄いシルクの生地は、触れたら蕩（とろ）けそうなほど滑（なめ）らかだ。まるで天国の雲を身に纏（まと）っているかのように軽い。

しかも、かろうじてお尻が隠れるくらいの丈しかない。

――本当に、このネグリジェでうまくいくのかしら……。

ううん、きっと大丈夫。シャルロッテを信じるのよ。

アンジェリカは王弟夫婦のアレン王子とその妻シャルロッテを思い浮かべた。

彼女の夫であるアレン王子は、シャルロッテにメロメロで、朝は朝星、夜は夜星のごとく、一日中、飽きることなく彼女を愛おしそうに見つめている。

それほど愛されているシャルロッテが言うのだから間違ってはいないはず……！

アンジェリカは頬をペチンと叩いてよしっと気合を入れ、鏡に映る自分を鼓舞するようにしっかりと頷いた。

このネグリジェを手に入れたのは、実をいうとつい昨日のこと。

シャルロッテに強引に誘われ、王都で大人気だという下着専門店にお忍びで足を運んだのだ。すると店内は女の子なら誰しも目を奪われそうな可愛らしいネグリジェや下着で溢れていた。

しぶしぶ付いて行ったアンジェリカでさえも、あまりの可憐なネグリジェにうっとりして自分も着てみたいと思ったほどだ。

でもこんなに艶めいたネグリジェを買ったとしても、きっと無駄になってしまう。この国の王にして聖人君子と謳われる夫クロードにとっては、想像を絶するほどいかがわしく映ってしまうだろう。

彼に可愛いと思われたいのに、卑猥に見えてしまっては元も子もない。

思わず手には取ったものの、すぐに棚に戻してしまったアンジェリカを見て、シャルロッテが背中を押した。

「あら、だめよ。いいこと、アンジェ。明日は結婚一周年の記念すべき夜なんだから。このネグリジェを着て陛下の理性をかなぐり捨てさせるの。アンジェの可愛らしさにイチコロになってしまうように。あなたの女性としての魅力を分からせてあげるのよ」

そう言われたものの、アンジェリカには全く自信がない。

自分とクロードは、シャルロッテとアレン王子のように相思相愛で結婚したわけではないからだ。

自分は小国の王女で、クロードの国とは隣国同士。そのため国同士の交流があったせいで、お妃にという白羽の矢がたったのだろう。よくある王族間の政略結婚にすぎない。

もちろん、数多いたであろうお妃候補の中から自分を選んでくれたことは、素直に嬉しい。しかもアンジェリカは結婚相手が彼だったらいいなと、ずっとずっと想いを寄せていた相手だった。

それに求婚は夫クロードの方から正式に頂いたわけだし、彼の方も自分を好ましく思ってくれていたのは間違いない。

――なのに一体どうして彼は……。

自分たち二人の新婚生活は、普通の夫婦と大事な部分が違っているからだ。

アンジェリカは、最愛の夫、クロードを思い浮かべると、胃の奥がチクリと痛んだ。

――やっぱり私に女性としての魅力がないのかしら。

もしかして、私と結婚したことを後悔しているの……？

心に秘めていた不安が忍び寄ってくる。

だが、アンジェリカはその思いを打ち消すようにかぶりを振った。

どうにかして今の二人の関係を変えなくては。それにはきっかけが必要だわ。今はシャルロッテの言葉を信じるのよ！

「シャルロッテ、私……、やってみる！」

「そうこなくちゃ！　私がアンジェに似合うネグリジェを選んであげるね。お揃いにして、とびきり色っぽいネグリジェでお互いの夫を誘惑しましょう」

一度は決心したものの、かなりきわどいネグリジェを手渡され、アンジェリカは思わずひっと小さな悲鳴をあげてしまう。それでも綺麗ごとなど言っていられない。

いくつか吟味して、なんとか許容範囲に収まったキャミソール型のネグリジェを選ぶ。

その小さな布切れ――いや、ネグリジェは、胸元にある細い桃色のリボンを解けば、すぐに胸がはだけてしまいそうだ。

そもそも肌を覆い隠す用途の代物ではないのかもしれない。

シャルロッテが言うには、殿方がこの紐を解きたくなるように、わざとそういう趣向を凝らしたデザインにしているらしかった。

「うん、このデザイン可愛いわね。さ、試着してみましょう」

すたすたと試着室に向かうシャルロッテの後に続き、アンジェリカも勇気を総動員してそのネグリジェを試着してみることにした。

ひとえに稀代の賢王にして聖人君子と謳われる夫、クロードをなんとしても結婚一周年の夜に誘惑するためだ。

でもいざ試着をしてみると、鏡に映し出された自分の姿に、声も上げることができずにただ呆然と立ち尽くしてしまう。

だがそれを見たシャルロッテはわっと歓声を上げた。

「うわぁ、アンジェ。すごく素敵！　ちょっと髪の毛も下ろしてみましょう」

いつもアンジェリカが着ているネグリジェは、襟元まできっちりリボンで結ばれている。丈もくるぶしまで覆われており、まるで修道女のようなスタイルだった。

――なのに、目の前の自分はいったい……。

アンジェリカは目を丸くして、鏡に釘付けになった。

腰まで下ろした蜂蜜色に輝く髪、野に咲く菫のような瞳が、露出したミルク色の肌を引きたてている。

木綿のネグリジェでは、あるのかさえ全く分からなかった胸のふくらみは、形良く盛り上がっていた。丈は太腿（ふともも）をかろうじて覆う程度で、裾は甘いフリルで飾られている。アンジェリカが動くたびに、蝶々（ちょうちょう）のようにひらひらと甘く揺れる。ともすれば、お尻のふくらみまで見えそうなほどだ。

自分でも目のやり場に困ってしまう。

——こ、これは一応、ネグリジェ……よね？

鏡に映る自分の姿を一目見て、顔が茹（ゆだ）ってしまうのではないかと思うほど真っ赤になる。

だが、シャルロッテや店員は大絶賛だった。

それだけではない。

ネグリジェとセットになっている下穿（したば）きも、淑女にあるまじき代物だった。

——こ、これもほんとに下穿きなの……？

大事な部分は小さな三角形の布で覆われており、両端にある細いリボンを腰で結ぶだけの代物だ。

それでも王都の上流階級で、流行の最先端をいくデザインなのだと店員が勧めてくる。

嘘（うそ）でしょう——。貴婦人たちはドレスの下にこんな淫らな下着をつけているの……？

目を丸くしたアンジェリカに、シャルロッテは満面の笑みを向けてきた。

「よく似合っているわ！　アンジェって意外と胸があって腰は細いし、シルクの光沢で身体のラインが浮き出てすごく艶っぽく見えるわね。きっと陛下もこの姿には、我慢ができないでしょう。私も色違いを買って身に着けるから、アンジェも頑張って！」

そう背中を押されて、なんとか勇気を振り絞ってひと揃えを購入したのは、つい昨日のこと。

さらにシャルロッテや店員に勧められるまま、殿方の欲望を煽るという独特の甘い香気が漂う練り香水まで買うことになった。

シャルロッテのアドバイスどおり、今夜はその香水を耳たぶやうなじにたっぷりと撫でつけた。

──ああ神様、どうかうまくいきますように。

アンジェリカは寝台に上がると、まるでミノムシのように上掛けの中にもぞもぞと潜り込んだ。そのままじっとして、クロードの夜渡りを待つ。

どきどきと高鳴る胸の上で手を組んで、神に祈りを捧げてみた。

──どうかクロードの欲望を煽れますように。

だが、果たしてこんなにもふしだらな願いを神が聞き届けてくれるのだろうか？

それでもアンジェリカは、救いを求める子羊のように、心の中で精いっぱい祈りの言葉を呟いた。

第一章　聖人君子はゆるがない

「――待たせたね。寂しかったかい？」

音もなく扉を開けてクロードがアンジェリカの寝室に入ってきた。

一瞬で空気が爽やかなものへと塗り替わる。

彼の歩いた跡は、枯野も生まれ変わり瑞々しい青葉に変わりそうなほどの清廉さだ。

ランプの灯りは芯をしぼっているため、部屋は薄暗いというのに、彼の周りにだけ崇高な空気が輝きを放っている。

クロードは、いつものようにぎしりと音を立ててベッドに上がり、アンジェリカを組み伏すように伸し掛かってきた。

「愛しい人。今夜の君も慎ましやかで可愛らしい。僕のアンジェ」

だが今のアンジェリカは、慎ましいとは程遠いネグリジェを身に着けている。

どう答えていいか戸惑っていると、クロードがくすりと笑う。

「そんなに首元まで毛布にくるまってどうしたの？」

目の前の端正な美貌の男――、アンジェリカの夫、クロードの声はいつもアンジェリカの心を甘く色めかす。

どんなに清廉であっても、彼は男でアンジェリカにとって唯一の夫なのだ。

しかも、彼が夜にアンジェリカの寝室にやってくる目的はいつも決まっている。

アンジェリカと子作り――睦みあうためだ。

それゆえ貞潔を絵にかいたような夫であっても、アンジェリカにとっては彼の全てが色めいて見えるが、それがもどかしくもある。

ほの昏い寝室と溶け合うような低い声は、いつもの澄み渡る声と違って艶めいていた。

ふきかかる吐息が耳元をほんの少し掠めるだけで、腰から下の力が抜けてしまいそうになる。

だが夫にときめいているのは、どうやらアンジェリカの方だけらしい。

自分を見下ろす彼は、結婚一周年の夜である今宵でさえも、なにも特別なものではなく、すっきりした凛々しい面差しはいつもと何一つ変わらない。

臣下と接する時に見せるものと全く同じである。

周りの者を律するような威厳を含んでいた。

とはいえ厳しさだけではなく、サファイアのように聡明な瞳はどこまでも澄んでいる。

切れ長の瞳を縁どる長い睫毛は、雨上がりの森のようにしっとりとして、アンジェリカを見つめるときは優し気に揺れる。

彼の思慮深さや民への慈愛、ひたむきな性格がその瞳からも窺える。

きりりと引き締まった口元、真っすぐに伸びた鼻梁は、クロードの誠実な人柄をよく表していた。

加えて長身ぞろいの近衛騎士らに引けを取らないほど背が高く、肩幅もしっかりと広い。

だが大柄ではなく、シュッと引き締まったその体躯はまるで研ぎ澄まされた戦士のよう。

王としての気品と風格、威信を兼ね備えている。

――きっとクロードは、私のようにつまらないことで悩んだり、どきどきと胸が高まったり、声を上ずらせたりなんてしないのでしょうね。

動揺や戸惑いなんて言葉は彼の辞書にはないのだわ。

感情に流されることなどない、王としてのゆるぎない精神が今の彼を形作っている。

だが、アンジェリカは彼の生い立ちを思ってふと瞳を曇らせた。

彼にはそうならざるを得なかった理由があるからだ。

クロードと結婚してこの一年、アンジェリカはとても平和な新婚生活を送っていた。

だが、王となったクロードが、順風満帆だったわけではないことをアンジェリカは知っている。決して明るいものではなく、櫛風沐雨の日々だった。

彼は父母が馬車の事故で急死したため十九歳で即位し、今は二十七歳になる若き王だ。

当時、国王夫妻の訃報が発表されると国民は悲嘆にくれ、臣下は賢王が亡くなったことで国の行く末を憂えていた。貴族たちの中には、敵対している国から攻め入れられるのを恐れ、早々に亡命した者までいたという。

王の急逝で混乱した国の秩序を取り戻すため、本来、一年の服喪を経てから即位をするしきたりなのだが、クロードはひと月も経たないうちに即位した。

混乱する臣下を一喝し、嘆き悲しむ国民に、自分が命を賭して何があろうとも民とこの国を守る、だから悲しむことはないと、自身の即位式で臣民の心に響く誓いを行った。

その言葉のとおり、敵対国とも根気強く交渉を進め、双方にとって利のある和平協定を結ぶに至る。

彼の並々ならぬ努力のおかげでもあって、このルドルバッハ神聖王国は、軍事力も経済力も前王に引けを取らないどころか、今や近隣諸国を凌ぐほどの勢いのある大国となった。

即位式の誓いどおりに国や民を導いてきた彼のことを臣民はたちまち崇敬する。人徳があり、高潔で王として志の高いクロードのことを、人々は聖人君子としてほめそやす。

だが、弟のアレン王子から聞いたところによると、即位してから八年間、クロードは寝食を削って一心不乱に国政に身を捧げてきたという努力の人なのだ。

体調を崩している時でさえも、休むことなく重要な公務をこなしてきた。

近親者にしか伝わってない有名な逸話がある。

彼が当時敵対していたジェレサール王国と無事に和平協定を結び終え、ようやく帰国の途に就いたとき、なんと高熱のために帰りの馬車の中で意識を失ったという。

普通の人ならば高熱で歩くのも話すのもつらかったはず。

それを彼は押し隠し、気力を奮い立たせて敵国の王と対峙(たいじ)したばかりか、血を一滴も流すことなく和平協定を成し遂げたのだ。

クロードは、なんて人並み外れた信念を持つ国王なのだろう。

彼が即位してからの武勇伝とも言える話を、近侍やアレン王子から聞いたときは、アンジェリカは内心、心を痛めていた。

その時のクロードのこと思うと、今も胸が締め付けられる。

父母を失った上に、国の将来をその背にひとり背負ってしまったクロード。

本当は不安だったと思うし、愛する両親を一度に失い、悲しみが一番深かったのはクロードだったはず。

そんなクロードに寄り添い、彼を癒(いや)してあげられる唯一の存在に自分がなれればいいと思って嫁いできたのだけれど……。

クロードは良き伴侶として、理想的な夫であることに間違いはない。

ただひとつの欠点と言えば、完璧すぎるところであろうか。

アンジェリカは十八歳でクロードと結婚し、一年たった今は十九歳になる。

この国に嫁ぐ際に、ただひとつ母親から諭されたことがあった。

それは古参の女官から、輿入れ前に房事のあれこれを教わっている時だ。

「アンジェリカ、いいこと？　聖人君子と言われているクロード陛下も一人の人間なの。せめて夜だけは彼の抱えている重荷が少しでも軽くなるよう、あなたが陛下の身も心も癒してあげてね」

だが、年若い王妃であるがゆえに、クロードには頼りないとでも思われていたのだろうか。

癒しを与えてあげられるような存在とは思われていないのは確かだ。

それどころかアンジェリカの方が、いつもクロードに快適に過ごせるように気を使われ、癒されている。

だが何よりもアンジェリカの心を悩ませているのは、夫婦だというのに、二人がまだ一度も生まれたままの姿で結ばれていないことだった。

もちろん、初夜の儀式は神官や宰相が見守る中で行わないといけないため、しきたりどおりにお互い夜着を身に着けたまま行った。

破瓜の証のついた下着を神官らが確認して初夜の儀式は終わりとなる。

でも、その翌日も、その次の日も、寝室は二人きりのはずなのに、クロードとの夜の営みは初夜の時と全く同じ。
二人の性行為——子作りは夜着をしっかり身に着けたまま、コトを致すことが常だった。いつしかアンジェリカも、それが普通の夫婦の営みだと思い込んでいた——のだが、何かがおかしい。

そのことに気が付いたのは、クロードと結婚してちょうど半年ほどの時だ。

たまたまシャルロッテたち王弟夫婦と一緒に、近くの温泉に保養に行ったときのこと。

ある朝、ひとり早く目覚めたアンジェリカが朝風呂を堪能しようと温泉に向かうと、なんとそこには先客がいた。

シャルロッテの声が聞こえてきたので、声を掛けようと近づくと、湯気の向こうには、彼女の夫アレン王子も一緒に二人で仲良く湯船に浸かっていた。

しかも二人は一糸まとわぬ生まれたばかりの姿だった。

アンジェリカはぎょっとして、温泉の手前の木陰で立ち止まる。

もちろん、もくもくと立ち上る湯気で二人の姿はうっすらとしか見えない。でも、アレンは湯船の中で、シャルロッテの身体に隈なく口づけを落とし、その度に彼女から艶めいた溜息が零れていた。

さらに胸の頂にアレンが愛おしそうに口づけ、すっぽりとその先端を口の中に含んだとき、シャルロッテがなんともいえないような気持ちよさそうな声を漏らしていたのに衝撃を受ける。

シャルロッテがいや……と囁いても、アレンはくすりと笑うだけでやめる気配は全くない。それにシャルロッテもときおり笑い声を零し、本当に嫌がってはいないような声音だった。

二人の愛の行為を目の当たりにして、どくんどくんと心臓が飛び出しそうになる。

ちょうどその時、小鳥がアンジェリカの頭を掠め飛んでハッと我に返った。

――ここにいちゃダメ。

急いで温泉を後にして火照った身体を冷まそうと、ひとまず庭園のベンチに腰掛けた。

見てはいけない行為を見てしまったという罪悪感はある。

でも、それ以上に二人が身も心も愛し合っているのが伝わってきた。

アレン王子はシャルロッテの肌にじかに口づけし、彼女の感触を味わっていた。

アンジェリカはいつの間にか口の中に溜まった唾液をごくりと呑み込んだ。

――あれが本当の夫婦の営みなの？

それともアレン王子が他の殿方と比べて、いやらしいだけ？

でも、二人からは嫌悪するようないやらしさはなく、互いへの崇拝と愛情が伝わってきた。

――なぜ、クロードと私の愛の営みとは違うのだろう。

木綿のネグリジェの上から時たま胸をそっと包まれることはあるが、肌にじかに触れられたことはない。口づけだって、ちゅっと唇を啄むように互いに何度か重ね合わせるだけだ。

そう、飼い猫にでもするような軽いキス。

あまりに悩みすぎた結果、アンジェリカの思考のキャパシティが一杯になってしまう。

そのため、夫婦生活のことについては、それ以上、思い悩むのはやめにした。

クロードに問いかけて気まずい思いをさせたくないし、もしかすると自分にはシャルロッテのような魅力が欠けているのかもしれない。

国王として日々政務に多忙なクロードに、余計な困りごとを抱えさせたくなかった。

そんなある日のこと。

シャルロッテが王都で貴婦人に大人気だという恋愛小説本を貸してくれた。

「ものすごく人気で、どこの書店も予約だけで売り切れてしまったの。でも、アレンがコネを使って手に入れてくれたのよ。私はもう読んだから、ぜひアンジェリカも読んでみて。感想を聞かせてね」

早速、その日の夜から読み始めたアンジェリカは、またもや衝撃を受ける。

その物語は、愛し合う騎士とその恋人が苦難の末に結ばれるという壮大な恋物語が紡がれていた。

しかもクライマックスでは、二人が愛し合う情景が赤裸々に描写されていたのだ。物語の中でも、二人は生まれたままの姿で愛し合い、唇や乳房、あろうことか性器まで互いに愛撫しあう。

アンジェリカはその物語を読んで、ついに、自分とクロードの夜の営みが普通ではないことに気が付いた。

――やっぱり、私とクロードの夜の営みは普通とは違うのだわ。

重い気持ちでシャルロッテに本を返しに行くと、彼女はアンジェリカの感想を聞きたがっていた。

「ねぇねぇ、素敵な物語だったでしょ？　もちろんきっとクロード陛下の方が、たっぷりとアンジェのことを愛してくれるのでしょうけど」

そう屈託なく笑ったシャルロッテに、我慢ができずに思わず泣きついてしまったのだ。

「――いったいどうしたの？　アンジェ？」

「私たち、ひっく、私とクロード陛下は違うの。私にはきっと女性としての魅力がないんだわ」

わっと泣き崩れた自分をシャルロッテは背中をさすって慰めてくれた。

しばらくしてアンジェリカが落ち着くと、親身になって話を聞いてくれたのだ。

アンジェリカはずっと心に秘めていたことを打ち明けた。自分とクロードの夜の営みが初夜の儀式となんら代わり映えしないこと、なぜかコトが済むと彼は隣の自室に戻っていってしまうこと。

彼女は腕を組んでうーんと唸った。

「おかしいわね。アレンから聞いていた本当の陛下と違うわ……」

「本当の陛下？　アレン王子はなんて言っていたの？」

「いえ、クロード陛下の本当の性格は、私たちや国民が思っているような聖人君子ではないと言っていたの。しかも夜の営みも、陛下はねちっこいはずだから、アンジェリカはきっと寝る時間もないほど愛されているだろうって言っていたのよ……」

そんなクロードを想像することなんてできない。

現に今でさえ、目の前のクロードは落ち着いていて、いつもの夜と何ら変わらない。

「……可愛いアンジェリカ。何を考えているのかな？」

「あ、あの……、アレン王子とシャルロッテのことを……」

「へぇ……」

彼は珍しく一瞬、眉を寄せてから、アンジェリカの唇に自身の唇を重ね合わせた。しっとりして温かな唇の感触に、「んっ……」と思いのほか甘い声を上げてしまう。

「弟とはいえ、夫の私が目の前にいるのに他の男のことを考えてはいけないよ」

涼し気な目元はいつもと変わらないが、なぜだかその瞳は笑っていないような気がする。

——私の気のせい？

まさかクロードが嫉妬するなんてありえない。

そう、きっと私の気持ちが昂(たかぶ)っているだけだわ。だって上掛けの下は、あの背徳的なネグリジェを身に着けているんですもの。

今夜こそ、ごく普通の夫婦と同じように、お互いの温(ぬく)もりを肌に感じて愛し合うことができるかもしれないのだ。一年越しの悲願成就だ。

アンジェリカは、彼の唇をもっと感じたくて目を瞑(つぶ)る。

クロードのゆっくりと互いを馴染(なじ)ませるようなキスは、思いのほか気持ちがいい。

アンジェリカはシャルロッテから教わったとおり、殿方の理性をなくさせるキス——を仕掛けてみることにした。

作戦その一。『キスをするとき、舌で彼の唇をなぞって擽(くすぐ)ってみる』

これが意外に殿方をその気にさせるのだとか。

まずはそうっと舌先を伸ばして、おそるおそるクロードの唇の上に這(は)わせてみた。

すると、ぴくっと彼の身体が反応して、その唇の動きが止まる。

一瞬、いつもとは違うアンジェリカの反応に戸惑ったような反応だった。

もっと彼の唇の形をなぞろうと舌先を差し出すと、クロードの唇の温もりが、アンジェリカから逃れるようにぱっと離れていった。

二人の唇が重なり合ってから、たった数秒の出来事だ。勇気を出したのに、彼の温もりが離れてしまったことに、今度はアンジェリカの方が落胆を隠せない。

「どこでそんな悪戯を覚えたのかな？」

声音は優しいのになぜか罪を問うような言い方だ。

澄み渡る瞳が、探るようにじっと見つめてくる。

「あ、あの、シャルロッテが貸してくれた王都で大人気の本に書いてあったの。アレン王子がコネを使って手に入れてくださったのですって。キ、キスをするときに舌先を触れ合わせると殿方の気持ちが良くなると書いてあったの。だから陛下に気持ちよくなってほしくて……」

クロードを見上げると、彼はいつになく苛ついたような表情を浮かべた。眉間にはうっすらと皺のようなものが寄っている。

ちっと舌打ちが聞こえてきたのは、アンジェリカの聞き間違いだろう。どんな時も紳士的な態度を崩さない彼が、舌打ちなどするはずがない。

「……アレンのやつ、余計なことを……」

「えっ？」

クロードが小声で何かを呟いたが、アンジェリカは上手く聞き取れなかった。聞き返してみたものの、普段と変わらない温厚な表情に戻ってしまっていた。

「アンジェは、そんなことを気にしなくてもいいんだよ。僕は君を伴侶に迎えられたことだけで幸せなのだから」

クロードが人差し指をアンジェリカの唇にそっと押し当てた。反論はいらないよ、という意味なのだろう。

だが、アンジェリカもここで引くわけには行かない。結婚一周年の夜なのだ。なんとしてもクロードと生まれたままの姿で愛し合いたい。

互いに欲望に流されるまま、睦みあいたい。

そう、あの恋物語のように。ロマンティックに、お互いの身体を崇拝しあうのだ。

作戦その一が失敗しても大丈夫。

もしクロードに拒絶されたときの方法も、抜かりなくシャルロッテが教えてくれていた。

殿方を虜にする方法、作戦その二だ。『女性から迫ってみる』

その気のない殿方でも、女性から迫れば、ほぼ愛欲に陥落するのだとか。

アンジェリカは思い切って、自分の唇の上に添えられたクロードの指に舌先を這わせてぺろりと舐め上げてみた。

そんな反撃に出るとは思いもよらなかったのか、クロードが目を丸くする。

「ふふ、クロードさまの指、長くて硬いわ。すごく太いのに、でも表面は思いのほか滑らかで……」

ぺろぺろとクロードの指を舐めながら正直な感想を述べたのだが、彼が珍しくぐっと息を呑んだ。

「アンジェ、いったい今夜はどうしたんだ？　それになんだかいつもと違う香りがする」

くんと鼻を鳴らして何かの香りに気が付いたクロードが、眉をひそめた。

「あ、それはきっと下着屋さんで勧められた香水れす。甘い香りに気持ちが良くなる成分が含まれているって……」

殿方を虜にする香りのはずなのに、なぜかアンジェリカの方がふわふわした気分になってしまっていた。少し呂律が回らないのも、香水の作用のせいなのだろうか。

クロードを気持ちよくするためにたっぷりと塗ったのだが、慣れない香水の香りにアンジェリカの方が酔ってしまったようだ。

それでもクロードの指をぺろぺろ舐めていると、彼がさっと指を引いた。

「……アンジェ、その香水はやめた方がいい。君には合っていない」

「れも、陛下は？　クロード様はどんな気分？」

「僕は香水の匂いには反応しない。多少の毒や媚薬の類には、反応しないように小さい頃から慣らされているんだ」

——何てことだろう。

彼がそんな訓練までしていたとは盲点だった。

はぁ……といつもは聞いたことのない小さな溜息を零して、クロードが立ち上がる。

まさか呆れて部屋から出て行ってしまうのだろうかと、アンジェリカは青くなった。

すると扉ではなく、すたすたと歩いて寝室の奥にある洗面台に消えた。水音が少ししてから絞ったタオルを手に戻ってきた。

アンジェリカが香水を塗ったであろう耳朶やうなじをそうっと拭ってくれる。

少しだけ濃厚だった匂いが軽くなり、アンジェリカもようやく朦朧としていた思考がはっきりとしてきた。

「……アンジェ、さっき言っていた下着屋って誰と行ったんだ？」

ベッドに腰かけながら、クロードがアンジェリカにひたりと視線を据えた。今まで買い物に誰と行ったのかなんて聞かれたことはない。

いつもと様子の違うクロードに、なぜかアンジェリカは楽しい気分になった。彼から下着屋なんて言葉が出ること自体、天と地がひっくり返るぐらい似つかわしくなくて、可笑しくなる。

アンジェリカはくすくすと笑った。きっとまだ香水の作用が効いているのかもしれない。

「こら。笑い事じゃない。まさかとは思うがアレンじゃないだろうな？」

――もしアレン王子だったらどうするのだろう？

いつになく険しい真剣な眼差しに、アンジェリカはぷっと噴きだしたあと、鈴を転がしたような笑い声をあげた。

「いやだわ、クロード様ったら。シャルロッテと二人で行ったんです。可愛いお揃いの下着を買ったの。ご覧になって下さいますか？」

アンジェリカはここぞとばかりに、するりと上掛けをはがした。

今夜のために勇気を振り絞って身に着けた、煽情的なネグリジェをクロードにお披露目する。

上掛けを急いで外したせいか、短い裾がさらに捲り上がってしまったようで、腿の付け根がすぅすぅする。

リボンで両端を結んだだけの下着も露になってしまっているに違いない。

緊張のせいか、形よく盛り上がった胸の頂は、布を押し上げつんと上向いていた。

胸の形がほぼ透けるので、恥ずかしいとアンジェリカがシャルロッテに言うも、まさにそれが殿方に効き目ありなのだと、太鼓判を押していた。

アンジェリカはさぁどうだと言わんばかりに、夜着姿を全て露にして胸を高鳴らせた。

クロードに生まれたままの姿で愛されたい。

シャルロッテとアレン王子のように、互いの生身の肌に触れ、その温もりを感じ合いたい。その逞しい身体に思い切りすっぽりと包まれたい。

そして、息が苦しくなるほど、思い切り彼の素肌に顔を埋めてみたいのだ。

彼の温かな唇で、自分の身体を愛撫してもらえれば、天に召されても構わない。

これ見よがしにあられもない姿を晒したとはいえ、アンジェリカはそもそも肌を露出することに慣れていない。

クロードの顔をまともに見るのが恥ずかしくて、頬を染めて顔を背けていたのだが――。

そのまま数十秒が過ぎてもクロードからは何の気配も伺えない。空気さえも動いていない。なんだか、様子がおかしいことに気が付いた。

不審に思ってそろりと視線を戻すと、クロードは目を瞠り、口を片手で覆い隠したまま固まっていた。

神話に出てくるメデューサに石にされた村人のように固まっている。

「クロード様……？」

アンジェリカが思わず手を伸ばすと、クロードは、はっとして身体を引いた。

頭を振りながらなんてことだと呟き、ベッドから勢いよく飛び降りる。

一瞬の出来事に、今度はアンジェリカの頭が真っ白になる。

――え？　飛びのいた？　私のこのネグリジェ姿を見て……？

なぜ？　勇気を出したのに、クロード様に逃げられた……？

今度はアンジェリカが愕然とする。

拒否された。自分が精一杯、肌を露出させたネグリジェ姿を……。

戻ってきたクロードの手には、いつもアンジェリカが愛用していた厚手のウールのガウンが握られていた。

「アンジェ……、いけない子だね。この国で育ったシャルロッテとは違って、君は南国育ちだ。この国の気候に慣れてない。そんなに薄いネグリジェを着ていたら身体を壊してしまうよ。さぁ、このガウンを着てごらん」

呆然とするアンジェリカの腕にガウンの袖を通し、前身ごろをぴっちりと合わせて腰紐(こしひも)をキュッと結ぶ。今やアンジェリカは、いつもと変わらず手首と足首、首から上しか露出していない。

赤ちゃんのおくるみのように、全身すっぽりとガウンで覆われてしまっている。

「アンジェが風邪でも引いたらと思うと、気が気ではない。ああいう下着は見た目が可愛いだけで何の役にも立たない。冷えて身体を壊してはまずいからもう着ないほうがいい」

クロードは心底ほっとした顔で、いつも通りアンジェリカににこやかな笑顔を見せた。

――ちょっと待って。

シャ、シャルロッテぇぇぇ……っ！

作戦その二が失敗したらどうしたらいいの？

「ふふ、アンジェリカの下着姿を目にしたら、殿方なら誰でもご馳走(ちそう)を前にした狼(おおかみ)になるから絶対大丈夫！　あとはクロード陛下にお任せすればいいの。明日の朝には、クロード陛下が狼に変身した様子を教えてね。こっそりアレンにも教えちゃおう。楽しみだわぁ」

そう言いながらウキウキしていたシャルロッテ。

彼女もまさか作戦その二が失敗するとは思ってもいなかっただろう。

アンジェリカごときの魅力では、クロードの筋金入りの聖人君子っぷりを崩すことはできなかった。

混乱しすぎてうまく頭が回らないアンジェリカに、クロードが囁いた。

「さ、可愛いアンジェ。これでいつもの夜と同じように子作りできる。僕たちの世継ぎが生まれるように慎ましやかに僕の子種を受けておくれ」

クロードはアンジェリカの下着姿を封印したことで、ようやくいつもの調子を取り戻したらしい。

手慣れた様子で、寝台の脇にある棚から香油と海綿の乗った皿を取り出した。

用意したぬるま湯に、大きめの海綿をそっと浸している。

「いい子だ、さぁ、身体の力を抜いて」

「あっ、やっ、クロード様……」

「いつものように、アンジェの身体を柔らかくしてあげよう」

クロードは、アンジェリカのぴったりしたガウンの裾をほんの少しだけ慎み深く割り開く。下着をずらしてその部分だけを露にすると、いつもの夜の営みと同じように、ぬるま湯で柔らかくなった海綿をアンジェリカの膣奥へとぬっと挿入した。

「んぁっ……」

「少し圧迫感があるかもしれないけれど、じきに慣れるから少しだけ我慢してごらん。温めてあるから冷たくはないよ。ああ、やっぱりきつそうだ。三つぐらいが限界かな」

クロードは、アンジェリカの膣内に海綿を三つほど挿入すると、今度は自身の下穿きをそっと寛げて、太い棒のような昂ぶりを取り出した。

片手でゆっくりと竿のようなものを上下に扱き始める。

いつも暗いせいで彼自身をはっきり見たことはない。

だからクロードのものがどんな形で、どのくらいの大きさなのかは分からない。

嫁ぐ前に、男性器の生理的な事についても教えてもらったため、それが興奮すると大きくそそり勃つことは知っている。

結婚して一年が経つが、アンジェリカにとっては未知のものだった。

しんと鎮まる室内に、ぬちぬちと響く卑猥な音……。

だが、アンジェリカは人形のように横たわり、何もしていない。

ただじっとしたまま、いつものようにその時を待つ。

全てはクロードが子種を注ぐためのものだ。

自身の内側にある海綿も、アンジェリカの蜜を吸って膨らみ始め、クロードを受け入れやすいように蜜洞を広げている。

クロードは自身の手淫で昂ったのか、息づかいが不規則になってきた。

「ああ……、アンジェ。いけない子だ。さっきの下着姿のせいで、今夜はいつもより早く射精てしまいそうだ……そろそろいいだろうか」

片手は自身の逸物を扱いたまま、もう片方の手で、アンジェリカの膣内に差し入れた海綿を大事そうに取り出した。

「ああ……、なんて甘やかな香りだ。蜜でこんなにとろとろだ。味見をしてみよう」

取り出した海綿をまるで桃の汁を吸うようにじゅっと吸い上げごくりと呑み込んだ。

クロードは恍惚とした表情で海綿を果物のように啜りながら、自身の昂ぶりを扱き上げている。

その姿になぜかアンジェリカもドキドキと胸が早鐘を打ち、下腹部がじんと痺れた。

彼が啜っているのは海綿なのに、まるで自分の秘部を吸い上げられているように感じてしまう。

「ん……。アンジェの蜜は極上だね。僕にとって最高のご褒美だ」

卑猥に片手を動かしながら、海綿を啜る様子は聖人君子とは程遠い。

だが彼も夜着を着たままで、その部分――、下着の前立てだけを外した状態で己の昂ぶりを擦り上げている。

「は……、っ、アンジェ……」

もう限界だと言わんばかりにくっと息を詰め、その逞しい体躯を震わせたとき、アンジェリカの中に熱くてがちがちに漲(みなぎ)った巨根が埋め込まれた。

「ひぁ、あああっ……んっ」

挿入されて一秒も経たぬ間に、熱い飛沫(しぶき)がお腹(なか)の奥で迸(ほとばし)る。

質量のあるクロードの雄が、どくどくと胎の中で白濁を解き放つ。

彼が小さく苦し気な呻(うめ)きをあげ、蜜奥で昂ぶりがびくびくと脈動した。

「く――ああ、可愛い。愛しいアンジェ、僕の子種を受け取ってほしい」

アンジェリカが見あげると、クロードの表情は、燭台(しょくだい)の陰になっていて読み取れない。

ただその声音は、紛れもない欲望に染まっているようだった。

＊＊＊

「――く、射精(で)るっ……」

アンジェリカの中で、己の昂ぶりが柔らかな襞に包まれた瞬間、至福の快感がせり上がった。クロードは本能のまま、危うく肉棒を抽挿してしまいそうになり、必死で耐えた。

――なんて気持ちの良さなんだ。

天国にいるような感触に、すぐに白濁がどくりと解き放たれる。腰を揮いたくなる衝動を抑えて、ただじっと腰を押し付け、己の雄芯が慾を解き放つのに身を委ねた。

それなのに、拙いながらも彼女の膣肉がきゅっと収斂してクロードの肉竿を締め付ける。すると腰骨からぶるっと鮮烈な快感が走り抜けた。

快感と焦燥が同時に襲い掛かってくる。

それでもギリギリのところで腰を揮わないように耐え忍ぶ。彼女の奥に欲望をすっかり注ぎ入れると、クロードはようやく力を抜いてほうっと息を吐いた。

自分の下の彼女が愛おしくて堪らない。瞳を潤ませ少しだけ唇を噛みしめている表情が、たとえようもなく愛らしい。

彼女の涙を吸い取り、たっぷりと口づけをしてその唇を蕩かしたい衝動に駆られる。

だが、その誘惑から退くように、クロードはゆるりとアンジェリカの中から自身を引き抜いた。彼女の中にいたままでは、またすぐに肉棒が漲ってしまうからだ。

クロードは子作りのために射精するのは、一晩に一度きりと決めていた。

だが、二十七歳の健康な男であるクロードにとって、愛する女性への性欲を抑えることは並々ならぬことであった。

「……んっ」

「――ふぅ、アンジェ、僕の子種をいつものように淑やかに受けとめられたね」

なるべく欲を抑え、労うように言う。

頬を染めてこくりと頷くアンジェに、ご褒美だよといつもより少し長めに触れ合うだけの口づけを落とす。

実際、アンジェのぷっくりした瑞々しい唇をもっと弄びたくて堪らないのだが、クロードはそうなる前に断腸の思いで唇を引きはがした。

本音を言えば、このままずっと朝まで彼女と身体を重ねていたいところだが、そういう訳にはいかなかった。

後ろ髪を引かれながら身を起こし、ベッドの脇に用意しておいた清潔な布を手に取った。

彼女のあわいからとろりと滴る残滓をそっと拭う。

そのあとは、すぐに彼女の下着を直して、肌が見えないようにガウンの前をぴったりと

いつもなら射精が済めば、アンジェリカに「おやすみ」と伝えて、自分は隣にある王の寝室へと戻る。そこで満たされない欲求不満を自己処理するのが常なのだが、クロードは

今宵、アンジェリカを改めて見下ろした。

――いったい今夜の彼女はどうしたのだろう。

弟の妻であるシャルロッテに感化されたのか、あの煽情的な夜着を目の当たりにしたときは、まるで雷に打たれたかのような衝撃が走った。

滑らかな薄いシルクの下で、つんと可愛らしく自己主張しながら震える乳房の蕾。

捲り上がったネグリジェの裾から見えるのは、可愛らしい臍とその下のほっそりした白い太腿。その付け根には、ふっくらと魅惑的に盛り上がった神秘の恥丘。

まるで誘惑のご馳走を目の前に並べられたかのようだ。

クロードは一瞬、くらりと眩暈がし、目の前が真っ白になりかけた。恥丘を覆っているのは、ほんの小さな三角形の布。布というより、切れ端に近い。

しかも、ふっくらと盛り上がった小さな布には、うっすらと縦に筋が入っている。

あまつさえアンジェリカの甘い蜜の匂いまで漂っていた。

クロードは自分の鼻孔が広がるのを感じ取った。

――くっ、このままでは、まずい。

喉ぼとけが忙しなくごくりと上下する。

息を潜めていた男の欲望が、下半身でひときわ隆起しどくんと唸りだす。

ほっそりした腰の両端で留められているリボンは、解いてくださいとでも言わんばかり。

クロードは、滴(したた)りそうになった唾液を必死に喉奥へと押し戻した。

夢に見てやまない、彼女の肢体が目の前にある。このネグリジェの裾を捲り上げれば、陶磁器のような真っ白な肌は、柔らかな胸の膨らみへと続いている。

その未知の弾力と滑らかさを直に味わいたい。

乳房を存分に貪り、小さな布切れを紐解(ひもと)いて、彼女の花びらを割り開く。

指でたっぷりと愛撫した後、溢れる蜜を己の唇を使って直に啜りあげたらどんな味がするのだろう。

彼女の秘めやかな淫芽を舌先で愛撫し、恍惚の悦(よろこ)びを与えることができたなら――。

クロードは、アンジェリカのほんのり上気した頬にそっと触れた。

すべすべした手触りが心地良い。

きっと彼女は身体じゅうが、この頬のように、いやそれ以上に柔らかですべやかなのだろう。

愛しいわが妻、アンジェリカ……。

だが、どんなに彼女を欲してもクロードは最小限の愛の行為しか行えない。

自分が挿入しても痛くないように、己の指で彼女を解きほぐすこともできないのだ。

できることと言えば、行為の前に海綿を挿入して、少しでも圧迫感や痛みを感じないように広げてあげることだけ。

——それもこれも、自分が誕生したときに受けた神託のせいだった。

今から数千年の昔。

クロードの国、ルドルバッハ神聖王国は、神に選ばれし騎士、クローディアン・ルドルバッハが建国王となった。以降ルドルバッハ王家が王統を継いでいる。

神への信仰が厚い国だ。

そのため王家に子が生まれると、大神殿の神官らが神に祈りを捧げて、神託を得る慣習が脈々と続いている。

その神託は、本人と国王と王妃にしか明らかにされない。

むろん、クロードが生まれた時も神託を頂いたのだが、国王夫妻である両親が亡くなったため、今は大神官とクロードだけしか、その内容を知る者はいない。

クロードに下された神託はこうだった。

『己の欲を露にすると大事な人が目の前から消え去ってしまうであろう』

だが、誕生の神託は為政者を律することが目的と言われていた。王族への戒律のようなもので、クロードも真剣には受け止めていなかった。

しかし、十九歳となったある日、国王である父と政策について意見が食い違ったことがあった。重臣達を交えてクロードの意見を検討したのだが、結局、国王である父が時期尚早であると取り下げた。

その時、不謹慎にもクロードは早く自分が国王になり、自身の思うように国を統治したいと思ってしまったのだ。

その一週間後のこと。

なんと国内の視察旅行に出かけた両親が、事故であっけなく他界してしまう。

その訃報を受け取った時、クロードは自分の神託を思い出した。

『己の欲を露にすると大事な人が目の前から消え去ってしまうであろう』

――自分が、早く国王になりたいと願ったから……。

まさかとは思うが、それ以外に考えられなかった。

そのあとのクロードは、父に代わって臣民のために心血を注いできた。

己の欲は切り捨て、食事も睡眠時間なども削って政務に勤しんできた。

――だが、クロードにとって一つだけ悩ましいことがあった。それは健康な成人男子なら当然ある性欲だった。

まだ独り身の時は、自己処理すればいいだけだったのだが、アンジェリカが嫁いできてからは、元々旺盛な性欲をひた隠にした。子作りに支障がない程度の夜の交わりのみで、なんとか性欲を抑えてきた。

万が一、己の欲望を露にして、アンジェリカにもしものことがあったら困る。

性欲の薄い、淡白な夫を演じているのだが。

政略結婚ではあるが、クロードはアンジェリカを心から愛している。彼女は若葉のごとく瑞々しい生気が宿り、蜂蜜色の髪は、野に咲く菫のような瞳に降り注ぐ陽の光のよう。

愛らしく、誰もが好きにならずにはいられないような可愛らしい性格で、屈託のないその笑顔に、クロードは一目で恋に落ちた。

そのアンジェリカとの性交は、欲を解放するというよりは、夜を共にすればその分だけ欲求が高まる一方なのだ。

アンジェリカが愛らしすぎて、本能のまま彼女を貪りたくなってしまう。精を注いでもすぐに下半身がむくむくと頭をもたげるのだから、なす術がない。

早くアンジェリカが子を身籠り、閨を共にしなくても良くなれば、誘惑から逃れることができる。だが、こうして直に彼女の香りや温もりを感じると、射精後であるにも関わらず、すぐにまた欲求不満が募ってくる。

――結局、一刻も早く彼女から離れて、隣の自室でもんもんと自己処理に励むほか方法がなかった。

ようやくこの一年、初夜と同じように、夜着を着たまま、ただ精を注ぐだけの性交を続けることができた。その甲斐があって、夫婦の性交は肌を重ねずにコトをいたす、という刷り込みができたのだ。

ほっとしていたのに、今宵のあの挑発的なネグリジェはいったいどうしたことか。

うっかり欲望を剝き出しにしてしまうところだった。

「……クロード、さま？」

アンジェリカが考え事をしているクロードを見上げて声を掛けた。

頰を撫でていた手を放し、クロードは寝台を降りる。

「明日は朝から神殿で一緒の公務があるから、今宵はゆっくりお休み。愛しているよ、アンジェ。いい夢を」

とたんに彼女の温もりが指先から消えてしまう。

だが、彼女の温もりがこの世から消えることがあってはならない。己の欲になど、惑わされている場合ではない。

クロードは王妃の部屋に隣接している扉を開けると、バタンと背で扉を閉めてふぅっと重い溜息を吐いた。

今宵もきっと眠れぬ夜を迎えることになる。

第二章　神託のゆくえ

「おはよう、アンジェ」

王宮内の朝食の間に下りて行くと、先に席に着いていたシャルロッテとアレン王子夫妻が満面の笑みを向けて振り向いた。

「……おはようございます」

「夕べはよく眠れた？」

クロードとは対照的な明るい栗色(くりいろ)の髪のアレン王子がにこやかに聞いてくる。

「まぁまぁです……」

朝食の間には給仕の召使いたちがいるため、アンジェリカは言葉少なに曖昧な返事をした。もちろん、よく眠れるはずなどなく寝不足である。

夕べ思いきって身に着けた艶めいたネグリジェを見た途端、クロードが弾(はじ)かれたように寝台から飛び降りてしまったことに、ショックを受けたからだ。

彼が自室に戻った後も悶々(もんもん)と思い悩み、結局、明け方までほとんど眠れずにいた。

妻の下着姿を見て夫が寝台から飛びのくという、前代未聞の自分の魅力のなさに、涙で枕をぐっしょりと濡らしてしまったほどだ。

今日はクロードと一緒の公務があるというのに、瞼が真っ赤に腫れてしまっている。

夕べは記念すべき結婚一周年の夜。

散々思い悩んだ挙句、一大決心してあのネグリジェを身に着けた。それなのに、すべて水泡に帰してしまった。

クロードの方は、いつもどおりの筋金入りの聖人君子ぶりだった。

薄いネグリジェで欲望を露にするどころか、アンジェリカが風邪を引くといけないと心配して、いつも愛用していた分厚いガウンを着せてくれたのだ。

だが、いくらなんでも清廉潔癖すぎではないだろうか。

シャルロッテから借りた恋物語のヒーローは、「愛しているからこそ、君の全身をくまなく我が唇で讃えたいのだ」と、ヒロインに囁いていた。

――夫婦として愛を誓ったのだから、生まれたままの姿で愛し合うのが自然じゃないの？

だが、クロードはいつもコトを成した後はすぐに自室に戻ってしまう。

今朝もアンジェリカよりも早く起きて、毎朝欠かさない愛馬との早駆けのあと、すぐに政務へと向かってしまっていた。

アンジェリカも、クロードが何より臣民を思っていることを知っている。だから忙しいクロードに我儘は言いたくなかった。

自分に魅力が欠けているせいもあるが、もしかしたらクロードは元来淡白すぎて、そもそも性交を好んでいない可能性もある。

政務に勤しむあまり、翌日に影響を及ぼしたくないのかもしれない。

アンジェリカは給仕が淹れてくれたティーカップを受け取ると、揺れる琥珀色の液体を心ここにあらずでただぼうっとして見つめた。

そこに映った自分の顔は、とても眠たげで瞳は見るも無惨に腫れぼったい。

ほとんど寝ていないせいか欠伸が出そうになるのをなんとか噛みしめる。

今日は朝食の後に、公務でクロードと神殿に行かないといけないというのに。

こんな悲惨な顔をクロードに見られたくない。

——紅茶ではなく、眠気を覚ますために珈琲に淹れ直してもらおう。

顔を上げると、アレン王子とシャルロッテがアンジェリカをニヤニヤしながら見つめていた。

「アンジェリカ、夕べはよくお休みになれなかったようですね。兄上も罪な人だ」

クロードと面差しはよく似ているが、アレン王子はクロードを全体に柔らかくした感じだ。身長も近衛騎士と同じくらい背の高いクロードとは違い、平均的な成人男子よりも少し高めといったところだ。

片方の目尻にほくろがあるのがなんともいえない愛嬌がある。王としていかなる時も泰然としたクロードとは対照的に、柔和な印象だった。

年が離れているせいか、クロードと臣下の間の、緩衝材のような役割を担っている。

兄弟仲も良く、小さな頃は、クロードにたびたび悪戯を仕掛けて遊んでいたらしい。

「ふふ、アンジェ、さては作戦成功ね？　私たちも素晴らしい夜を過ごしたのよ」

シャルロッテまで嬉しそうに言ってくるのが辛くて、アンジェリカは首を横に降りながらほとりと涙を零してしまう。

「えっ？　ど、どうして？　アンジェ、いったい何があったの？」

驚いたシャルロッテがすぐに駆け寄ってアンジェリカの肩を抱く。

「アレン、人払いをして」

「あ、ああ、分かった」

アレン王子が召使いらに下がるように指示すると、シャルロッテがアンジェリカの隣に腰を掛けた。アレン王子も心配げに近づいてくる。

「陛下と……その、夕べは結ばれたのでしょう？　お互いに、生まれたままの姿で」

シャルロッテが心配そうに顔を覗き込んだが、アンジェリカは力なく首を横に揮う。

「わ、私に魅力がなかったみたい……。失敗しちゃった」

「し、失敗って……。だってあのネグリジェを着たのでしょう?」

アンジェリカはこくりと頷いた。

「ええ、でもきっと私に魅力がなかったのだわ。陛下は逆に風邪を引くといけないと言ってガウンを着せてくれたの。そのあとはいつもと同じ。お互いに服を着たままで……。子作りがすむと、陛下はすぐに自室に戻ってしまったの」

シャルロッテは信じられないとでもいうように、あんぐりと口を開けた。

「まさか嘘でしょう！　聖人君子にも程があるわ……！」

そう声を張り上げてから、アレン王子をきっと睨みつけた。

「ちょっと、一体どういうことなの?」

「――と僕に言われても。愛しの奥方。だが、おかしいな。あのネグリジェならクロードが陥落しないわけがない。しかもアンジェリカは兄貴の好みド真ん中なはずなのに……」

シャルロッテがアレン王子に話したのだろう。昨日の企みを知っているようだった。もちろんお揃いのネグリジェを着たのだから、彼女が話していてもおかしくはない。

「きっと何か理由があるはずだ。君に魅力を感じていないことは断じてないよ。この前温泉に一緒に行っただろう?　あの時、僕達が温泉に入ろうとしたら、クロードに今日はこの温泉に入るなと追い払われたんだ。アンジェリカが入った後だから、君のエキス……、いや、麗しい香りが温泉に残っているから俺がその湯を堪能するのは断じて許さないと言われてね……」

「そうそう、だから私たち、当日は温泉に入れずに翌日の朝に温泉に入ったのよね」

「うそ……」

「本当よ。アンジェが入った後の湯に、茹るほど浸かっていたのは陛下なのよ。しかもなかなか戻ってこないので、心配して様子を見に行った側近が言うには、のぼせてふらふらになるほどだったとか」

疑わしそうな顔を見せるアンジェリカに、気にすることはないと二人が笑ってみせた。

だが深刻そうなアンジェリカを見て、すぐにまた無言になる。

シャルロッテには、なぜクロードが禁欲をしているのかが分からなかった。二人は政略結婚だったため、初めはシャルロッテもクロードがアンジェリカに気がないのかと思っていた。だが、舞踏会でもアンジェリカが他の男と踊るのを禁じているほど独占欲の塊でもある。

「ねぇ、アレン？　何とかならないものかしら」

「う——ん、こればかりはどうしようも……、いや待てよ」

アレン王子が腕組をした。

「アンジェリカ、朝食の後、クロードと一緒に神殿に公務に行くんだよね？」

「ええ、結婚一周年を迎えたので、この後の一年を占う先読みの神託をいただきに行くの」

「そうか、僕も名誉神官の役職に就いているから神殿で落ち合うと思う。きっと神がいい方向に導いてくれるんじゃないかな。あまり思い悩まない方がいい」

そうアレン王子は慰めたが、アンジェリカにとっては気休めにしかならなかった。

「はい……。ありがとうございます」

「そうよ、アンジェ。いつでも相談に乗るから何でも話してね」

まだ戸惑いの色を隠せないシャルロッテに、アンジェリカは力なく微笑(ほほえ)みを浮かべた。

食も進まないため、二人の前を辞して早めに公務の準備に取り掛かることにした。

席を立ったアンジェリカの後姿を見送りながら、アレン王子が口元をにやりと引き上げた。

まるでその昔、クロードに悪戯をしかけた時のように。

隣にいたシャルロッテでさえも、彼の瞳がきらりと光ったことに、全く気が付いてはいなかった。

＊＊＊

ルドルバッハ神聖王国の守護神を祀るリューネブルク大神殿は、宮殿から馬車で東に向かった丘の上に位置していた。

この国では、国王夫妻の周年記念の翌日に、その先一年の未来を占う神託が下される。先読みの儀式と言われ、年に一度の王家の慣例儀式の一つだった。

国王夫妻が礼拝堂で神に祈りを捧げた後、大神官らが独自の方法で国の一年を占い、神の神託を得て国王夫妻に伝えることとなる。

アンジェリカにとっては、結婚して初めての先読みの儀式だ。久しぶりにクロードとの二人そろっての公務に、嬉しくて気持ちが昂りながらも少しだけ緊張していた。

朝食の後、寝不足のせいで瞼を腫らして疲れ切った表情のアンジェリカを見た女官らが心配し、出かける前に湯浴みを促された。

湯にたっぷりと浸かり、薔薇水やお気に入りの香油を使って彼女たちが全身をマッサージしてくれたせいか、腫れぼったかった瞼もなんとか目立たなくなった。

淡白なクロードではあるが、少しでも自分に女性としての魅力を感じてほしい。無駄な努力なのかもしれないけれど、可愛い妻だと思ってほしかった。

今日のクロードはルドルバッハ王国の色である紺色の片掛けマントを颯爽と羽織り、神殿の静謐な空気をも従えているかのような荘厳な佇まいである。

真っすぐに引き結ばれた口元と、凛々しい眼差しがさらに端正な顔立ちを引き立てていた。

アンジェリカは改めて夫の並外れた男らしい魅力に、惚れ惚れしてしまう。

——こんなに素敵な男性を夫にできたというのに、邪な考えを持つ私は神様からバチが当たるのではないかしら。

でも神様、お願いします。

クロードと一度でもいい。生まれたままの姿で愛し合えたなら。

クロードよりも、少し色の明るい紺色のマントを羽織ったアンジェリカは、儀式に則って一緒に跪き、守護神像に向かって頭を垂れる。

祈りを捧げている時に、片目を開けてちらっとクロードを盗み見ると、彼は生まれながらの気品ある表情で、真摯に祈りを捧げていた。

その姿はまるで一枚の絵画のよう。

アンジェリカは美丈夫な夫にまたもや恋心が溢れそうになる。

真の聖人君子とはかくやあらん、といった風情だ。

きっと自分のように淫らな願いなどするはずもない。

国の繁栄と平和、臣民の幸福だけを願い、一心に祈りを捧げているのだろう。

視線に気が付いたのか、クロードが長い睫毛で覆われたアイスブルーの瞳をふいにパチ

りと開けた。

アンジェリカの方に少しだけ顔を向けて、その眼差しをふわりと緩める。

――ああ。

アンジェリカの胸がきゅんと鳴った。なぜだか下腹部のあたりもじぃんとする。

何気ない眼差しにさえ、こんなにも心がときめいてしまう。

真摯に祈りを捧げずに、よそ見をしていたアンジェリカを咎めるでもなく、優しい笑みを向けてくれたことがこの上なく嬉しい。

まるで舞い降りた神様に微笑みかけられたような僥倖だ。

欲を言えば、クロードに心も身体も愛されたなら、もういつ天国に召されても構わない。

「アンジェ、何を願ったんだい?」

「わ、私はクロード様のことを……この一年もお怪我のないようにと」

もちろん、嘘ではない。それも願いの中に含まれている。

「クロード様は?」

アンジェリカに問いかけられたクロードは、すっと真顔になって守護神像を見上げていた。その高貴で無欲な姿にアンジェリカはことのほか胸が打たれた。

自分が恥ずかしくていたたまれなくなる。

やはり答えなど聞くまでもない。

あんなに真摯なお顔で守護神を見上げているのだもの。

ひとえにこの国のことを願っているのだわ……。

淫らな願いを神に祈った自分とは、生来の人間の出来が違い過ぎている。

だが、クロードがふと眉根を寄せた。

「……遅いな。何かあったのか……」

彼が立ち上がり、アンジェリカに手を差し伸べながら呟いた。

「いつもは国王と王妃が祈りを捧げてすぐに、大神官らが神託を掲げてやってくるのだが」

そういえば名誉神官の役職に付いていると言っていたアレン王子の姿も見えないままだ。

いまクロードとアンジェリカがいる場所は、神殿の最奥に位置する特別な礼拝堂だ。国王夫妻が国事などで祈りを捧げる時にのみ、使用される場所だった。

この礼拝堂の鍵は王家が管理しており、大神官でさえもやすやすとは立ち入りできない区域にある。

もちろんここに来るまでは厳重な鍵のついた扉をいくつもくぐることになる。

それでもクロードは不穏な空気を感じたのか、腰に佩いたサーベルに手を掛けた。

儀式用に装飾されてはいるが、王はいついかなる時も命を狙われかねない。その危険があるため、儀式用とはいえサーベルの刃先は潰されておらず真剣だ。

クロードの悪い予感が当たったのか、突然廊下から慌てふためいた足音がいくつも聞こえてくる。

何事かと、びくりと身を震わせたアンジェリカを庇うように、クロードが勇み出た。

「アンジェ、下がって」

入口からアンジェリカを遠ざけ、自身は闖入者をすぐに抜刀できる位置につくと息を詰めた。

「へ、陛下、クロード陛下！　い、一大事にございますっ‼」

蒼白な顔で駆けこんできたのは、意外にも白い髭を生やした大神官だ。

神殿の最高位にある者だけが被ることのできる、縦長の法冠がずれて落ちそうになっている。

その後ろからは、典礼用の衣裳をまとったアレン王子も続けて部屋に入ってきた。

「へ、陛下ッ、へいか……、大変なことが……。い、一大事ですっ！　はっ、はぁはぁ。た、神託が……、お告げが……」

「大神官、落ち着くんだ。アレン、いったい何があった？」

クロードは息を継ぐのもままならず、今にも倒れそうな大神官を支えながらアレンを振り返る。

「それが……。兄上には申し上げにくいのですが、神官らが吉凶を占っておりましたところ、災いありと出まして」

「災いありだと……？」

一瞬、クロードの表情が険しくなる。

「はい。吉凶を占うため大神官が水盤に聖花を浮かべていると、すべての聖花が水に沈んでしまいました。聖花が沈むことは凶報とされております。急いで神託をいただく羊皮紙を水に浸しましたところ、神のお告げにより一年以内に我が国に世継ぎを授からなければ、恐ろしい災いが降りかかると、神の御文字(みもじ)が浮かび上がりました」

「――そんな馬鹿な……」

アレン王子の言葉に、大神官も必死の形相でこくこくと頷いている。

「ほ、本当にございます。聖花が沈むなどかつてないことでございます。しかも、いつもは羊皮紙に浮かび上がった水の染みの形で占うのですが、今回ばかりは、くっきりと神の御文字が浮かび上がりまして……。我ら神官一同、このようなことは初めてで、神のなされたことに驚愕(きょうがく)した次第です」

大神官が神の啓示を得て慌てふためくなどおかしなことではあるが、まだ驚き冷めやらぬ様子で、あまりの興奮にぽっくり逝ってしまいそうなほどだ。

アンジェリカが心配そうにクロードに寄り添う。彼はアレンから手渡された神託の浮かび上がった羊皮紙を手に取り、それを凝視したまま固まっている。

アンジェリカもなんとか背伸びをしてその羊皮紙を覗き込む。

すると確かにうっすらと文字が浮かび上がっていた。

――国王、王妃、汝らにこの後、一年の時を与える

その間に子作りに励み世継ぎを儲けよ

世継ぎを授からねば、国に恐ろしい災いが降りかかるであろう――

「ことは一刻を争います。へ、陛下。どうかどうか、今宵からでもすぐに子作りを……」

大神官は顔色を赤くしたり青くしたりしている。

クロードは、その言葉にハッと我に返った。大神官に子作りを請われて、少しだけごくりと喉を鳴らした。

「むろん、そなたらに言われるまでもなく、私とアンジェは子作りの義務を果たしている。それに本来、子は神が授けるものだ。なのになぜ……」

「陛下、お願いです。アンジェリカ様に子が授からないのであれば、側室を娶ることもお考え下され」

大神官の言葉に今度はアンジェリカが耳を疑った。

――そうだわ。まだ結婚して一年だから呑気に構えていたけれど、もし私に子が成せな

ければ、クロードは側室を娶ることになるかもしれないのだ。

まるで奈落の底に突き落とされたような気持ちになる。

不安げにクロードを見上げると、彼は大丈夫だというようにアンジェリカの手をぎゅっと握った。

「――大神官とはいえ、そのような差し出がましい口を二度ときくな。私は側室を娶るつもりはない」

守護神に宣言するかのように、礼拝堂に響き渡る声できっぱりと言い放ったクロードに嬉しさが込み上げる。だが、国の将来を慮れば、自分に子が為せなければ、王妃として側室を勧めるべきだ。

誠実で心優しいクロードは、アンジェリカがいる限り、自分としか子作りをしないつもりでいるのだ。

でも神託によると、この国に災いが降りかかってしまうのを食い止めるには、クロードに世継ぎを儲けなければならない。

結婚してこの一年、妊娠の兆候が全くなかったのはアンジェリカが一番よく知っている。

もしかして自分は子ができにくい体質なのかもしれない。

そう思うとアンジェリカは途端に怖くなって、脚がブルブルと震えてきた。

クロードが父王の亡き後、命を懸けて守ってきたこのルドルバッハと彼の臣民たち。

私のせいで彼が守り通してきたものに、災いが降りかかることがあってはならない。

アンジェリカ自身も王族だから、小さな頃から国のためであればこの身を捨てる覚悟はできている。

だがクロードが側室を娶り、あまつさえその女性との間で子作りをするのだと思うとこの身が引き裂かれそうになってしまう。

見知らぬ女性とクロードが睦みあう様子が頭をよぎり、体中が一瞬で冷え切った。

だが、小刻みに震えるアンジェリカの手をクロードがひときわ強く握りしめた。

「――アンジェ、心配無用だ。私はこの先もアンジェ以外は抱かない。私が世継ぎを儲けたいと思っているのは君とだけだ」

凛(りん)としたまっすぐな声が響く。

アンジェリカは淫らなことを神に願った自分を後悔した。

クロードは生まれながらの聖人君子なのだ。それなのに、一度でいいから生まれたままの姿で愛しあいたいと願うなんて、私はなんて愚かなの……。

彼は王妃の私とだけしか子作りをしないと宣言してくれている。

「で、ですが陛下。ご神託が……。このままでは国が、民が滅びてしまうかも知れませんぞ」

大神官は顔面蒼白になり、おろおろしている。

守護神との契約により、この国を統治しているクロードも、王として神託を無視することもできない。

いったいどうするの……？

大神官が何度もクロードに側室を娶ることを希っても、クロードは頑なに拒むだけで一歩も引かない。

アンジェリカがはらはらしていると、アレン王子が目尻のほくろを下げてふわりと微笑んだ。

「まぁまぁ、大神官どの。神託にはまだ一年の猶予があるじゃないか。そんなに焦ることはない。それに我が神殿はもともと子孫繁栄の神を祀っている。神殿には閨に関する秘伝の書があるだろう。ほら、その書のとおりに子作りを実践すれば、神の祝福で子が授かる、と言われているあの禁書だよ」

「おお！　そうでした！　さすがはアレン王子、すぐに持ってまいります」

大神官が礼拝堂を駆けだして、ほどなくその手に古ぼけた祈禱書のようなものを携えて戻ってきた。

その本を開くためには鍵も必要なようで、小さな鍵も二つ持っている。

「これは？」

「兄上、この本は神殿に代々伝わる秘伝の書です。夜の生活の秘儀といわれる体位がいくつも記載されております。この書のとおりに、ひとつひとつ実践すると、神の祝福により子宝を授かると伝えられています。王家でもこれまで子に恵まれなかった国王夫妻が実践したところ、すぐに子に恵まれたそうですよ。我々の祖父もこれを試したのだとか」

クロードはその秘伝の書と小さな鍵を二つ受け取ると、それぞれ鍵穴に差してカチリと鍵を回す。

本を開いた瞬間、クロードは固まった。

古ぼけた紙には裸の男女と思わしき絵が描かれており、しかもあられもない格好で二人の性器と思わしき部分がくっついている。

「こ、これは……」

なおもパラパラとクロードが本を捲ると、女性の背後から男性が腰を密着させている絵、なぜか男性の腰の上に跨(またが)った女性も描かれていた。さらには、お互い上下逆さまになり、股間と思わしき場所に互いに顔を近づけているのもあって……。

「あっ……」

もっとよく見ようとアンジェリカが覗き込むと、クロードはハッとして本をパタッと閉じた。そのまま声を失っている。

アンジェリカがチラッと見ただけでも、とても淫らな体位をしていた。ましてや潔癖で淡白なクロードからすれば、この本のように淫らにまぐわうことなど、嫌悪以外の何物でもないはずだ。

現にクロードは衝撃を受けたようで、顔も青ざめていくぶん呼吸が荒くなっているのが分かる。

——きっとあのような卑猥なものを見て、気分が悪くなってしまったのだわ。

アンジェリカとしては興味津々で覗(のぞ)いてしまったのだが、互いに寝巻をきっちりと着てコトをいたすことを最善とするクロードにとっては、目に毒なのだろう。

クロードが嫌がることを無理強いするのはアンジェリカの本意ではない。今こそ王妃としてクロードを支える立場であるはずなのに、何を躊躇(ためら)ってしまっているのだろう。

クロードやこの国のために命さえも捧げる思いで嫁いできたというのに。

アンジェリカは勇気を振り絞って、口を開いた。

「——あの、大神官様、アレン王子様。クロード陛下はとても清廉な精神を持った方です。このような本に描かれている体位は、とてもではございませんが、ご無理かと……。クロード様、どうぞ私のほかに何人か側室をお召しになってくださいませ。その方がきっと早く世継ぎを儲けることができるかもしれません……」

目頭が熱くなるのを我慢して、アンジェリカは必死の思いで口にした。自分から申し出れば、クロードは考え直してくれるかもしれないからだ。

それに側室も一人と言わず、複数であればより身籠る確率も増えるはずだ。

　だが、アンジェリカの提案にクロードがぎょっとする。

「何を言う、アンジェ。大丈夫だ。君が思っているほど僕は……。アレン、ちょっと向こうで話そう」

　クロードがアレンだけを連れて少し離れた場所で二人で話し始めた。

「……アレン、お前にだから言うが、俺は生まれた時の神託の影響で、実はアンジェリカと本来あるべき方法で交わってはいないんだ。ずっと互いに服を着たまま子作りしている。そうしなければ大事な人が消え去ってしまうと、生まれた時に神託を下されているんだよ。父上と母上を失ったのも俺が早く国王になりたいと願ったからなんだ……」

「なんだって？　いや、それは思い過ごしだよ、兄上。父上と母上は馬車の事故だったのだから、神託とは何の関係もない。それに兄上の言っている神託って、もしかして『己の欲を露にすると大事な人が目の前から消え去ってしまうであろう』というやつ？」

「なぜ知っているんだ？」

　誕生の神託は、両親と本人しか知り得ないことだ。

　なぜ弟のアレンが知っているのかと疑問に思い、問い詰める。

「実は僕も生まれた時に同じ神託を貰(もら)ったんだよ。で、後から父上に聞いたみたわけ。父上はどんな内容だったのと。そうしたら簡単に教えてくれたよ。なんでも父上も祖父も同じ内容らしい」

「――それはいったい、どういうことだ？」

クロードは訳が分からずアレンの両肩をぎゅっとわし摑(づか)む。

「もう王家もかれこれ五百代以上も続いているだろう。誕生の神託はさすがにネタ切れになったのかな。理由はよく分からないけれど、ある時から誰が生まれても、ずっと同じ内容のまま誕生の神託が引き継がれているらしい。ま、儀式としての体裁を引き継いでいるだけなんだろう」

「まさか、そんな……」

クロードは信じられないという風に首を振り、片手で口元を抑えた。

「なんてことだ。じゃあ、もう己の欲を抑えなくてもいいのか……？」

クロードの心から、重石(おもし)のようなものがすうっと消え去り軽くなる。

なぜだか急に鼓動がどくどくと跳ね、妙に興奮を帯びてくる。

――ということは、もう我慢せずに、アンジェリカを思う存分抱けるのか……？

「いや、逆に一年もアンジェリカとそのスタイルでの子作りを続けてきたことは尊敬に値するよ。だけど今回の神託は、ネタ切れでもない正真正銘、正式なものだ。万一、神のお告げのとおり国に災いが降りかかるとまずい。秘伝の書に従ってアンジェリカと試したほうがいい。実際、祖父母もこの書のとおりに実践して、父上を身籠ったらしい。――ほら」

アレンが最後のページを開くと、そこにはこの秘伝の書を実践した王家の者と覚わしき名がずらりと記されていた。

最後には、祖父のフルネームが記載されている。

「ほんとうだ……」

「偶然、神殿の禁書を整理していたときに見つけたんだ。これを実践すればきっと神の祝福があると思う」

「――アレン、恩に着る」

「幸運を祈るよ」

アレンはクロードとがしっと固く抱擁しあうと、気づかれないようにくすりと口元を緩ませた。

この神託がすべてアレンの筋書きどおりとは、大神官でさえも思っていない。

我ながら、うまくいったものだと感心する。

朝食の後、急いで神殿に来て裏工作をした甲斐があった。

今日の占いに使う聖花も、花の芯に小さな鉛の玉を埋め込み、すべて沈むように仕組んだのはアレンだった。なおかつ大神官が神託用に用意していた羊皮紙に、水に浸せば文字が浮かび上がるようにあらかじめ細工したのもアレンだった。

今朝、アンジェリカから話を聞いて急いで仕組んだものだった。

だが、こんなにうまくいくとは思いもよらなかった。

王族として名誉神官の地位についていたアレンだからこそ、できることだ。

それもこれもクロードのため。

自分の兄、クロードは十九歳で両親を失った後、身を削って国を立て直してきた。アレンにさえ弱みを見せたことはない。だが、即位してすぐは敵国との交渉もあいまって、かなりの重圧だっただろうと推測する。

兄のおかげでこの国は戦争を回避し、今のように平和な大国になったのだから、自分も含め、臣民は兄に感謝すべきだ。

兄が誕生の神託をずっと信じていたのには驚いたが、彼がアンジェリカを愛してやまないのは誰が見ても分かる。

兄にはそろそろ自分の欲望のままに行動してもらいたい。自分はその背中を少し後押ししただけだ。

アンジェリカに近づくクロードは、一皮むけたように恍惚の笑みを浮かべている。

逆にアンジェリカは、戸惑いがちにクロードを見つめていた。

彼のその捕食者のような笑みはこれまで誰にも見せたことがないもので、まるで別人のようだった。

「あの、クロード、さま……？」

「ああ、愛しのアンジェ……。ようやく俺は君を……。いや、何も心配することはない」

クロードがアンジェリカの傍に寄り、その頰を手のひらで包み込んだ。

「いい子だアンジェ。我が国のために早速、今夜からこの秘伝の書に従って子作りを始めようか」

クロードの言葉に、大神官が大袈裟に反応して喜びを露にした。

「おお、陛下。それがいいですぞ。お二人に神の祝福があらんことを」

頰を真っ赤に染めるアンジェリカをクロードがその胸に抱きしめる。

人前で憚(はばか)ることなく、クロードがアンジェリカを抱擁(ほうよう)するのは初めてのことだ。

そんな二人の姿に、アレンは密(ひそ)かにほくそ笑む。

大神官は一日も早く世継ぎが授かるように、涙ぐみながら必死に神に祈りを捧げていた。

第三章　初めての交わり

王宮が夜の帳につつまれた。

アンジェリカは湯浴みを終えて自分の寝室に戻る。

寝台の傍らに置いてあるランプは、いつものように今にも消えそうなほど、小さな炎をちらちらと揺らめかせていた。

月灯りがあればまだましだが、新月の夜はほぼ暗闇になる。

だが満月の夜であっても、クロードが窓のカーテンをぴっちりと閉めるように女官らに言いつけているせいで、結局は真っ暗闇にほぼ等しい。

なぜならクロードが、寝室での灯りを嫌うからだった。気のせいではなく、なるべくアンジェリカの姿を見ないようにしている気がしてならない。

――私に魅力がないから、ネグリジェ姿の見苦しい私の姿を目にしたくないのだわ。

アンジェリカはそう納得していた。

クロードが生来淡白なせいもあるのかもしれないが、彼との夜の営みは、ほんのひとかけらの明りが灯る中で、ひっそりとしめやかに行われる。

　そっと寝台に上がってすぐに、ぬるま湯に浸した海綿でアンジェリカの蜜洞を広げられる。その間にクロードが、自身の性器を撫でつけて大きくする。（たぶん、殿方は大きくしないと子種を放てないようだ）

　その後、クロードはだんだんと息遣いが荒くなる。アンジェリカは暗くてよく見えないのだが、ぬちぬちというしめっぽい音が大きくなり、彼が息を詰めたような気配がした瞬間、自身をアンジェリカの中に挿入して精を放つ。

　それがこの一年間の、クロードとの夜の営みだった。

　彼は彼で、アンジェリカの中にいる時は、腰をぐいと押し付けたまま微動だにせず、どこか切羽詰まった雰囲気を漂わせていた。

　それが昼間の端正なクロードと違って、少しだけ立ち上る雄っぽさにドキッとしたものだ。

　挿入される時間は短いのだが、腹の底についてしまいそうな質量で、その圧迫感は堪えがたい。少しだけ快感のようなものも生まれてきた。

　けれどクロードに嫌がられないよう、いつも悩まし気な声をあげたりしないよう必死の思いで努めていた。

　淑女らしくない、はしたない声をあげてクロードに嫌われたくなかったからだ。

今夜も何も知らない女官たちが、いつものようにアンジェリカに首の詰まったネグリジェを用意していた。顎の下から足首まで覆っている、とても長いネグリジェだ。

クロードと同衾するときは、このネグリジェにするよう彼から言付かっているらしかった。

――はぁ。クロード様は本当にあの本のとおりにするつもりなの……？

アンジェリカは鏡台の前に置いてある秘伝の書をそっと手に取った。

それは古い祈禱書のようにも見えて、外側は濃紺のヴェルヴェットが張ってある。四隅には豊穣を示す葡萄を模った見事な金の金具の装飾が施されていた。

留め具には小さな鍵が二つ付いており、クロードと対になった鍵で開けないとアンジェリカが中身を見ることはできない。

「――アンジェ。この本の鍵の一つを君が預かっていて。大切なものだから失くさないように。もう一つは私が預かっておく。今夜、二人で一緒に鍵を開けて見てみよう」

神殿から城に戻るときにそう言われ、この本と鍵のペンダントを渡されたのだが……。

二人で見てみるって、本当にこの本に載っている内容を試してみるのかしら？

神殿でちらりと覗き見た男女の絵は、ふたりとも裸だった。

いよいよ今夜、クロードと二人、寝台の上で、は、裸で交わるの……？

たちまち、かぁぁっと顔が火照った。

急、に恥ずかしさでいっぱいになる。

アンジェリカは思わず枕を抱きしめて火照った顔を埋めて隠す。

——どうしよう、どうしよう。

でもクロードに無理はしてほしくない。

クロードにとっては、服を脱いで抱き合うなんて、忌まわしいことこの上ないに決まっている。きっと神託のせいで、心に鞭打(むちう)って交わろうとしているんだわ。

今夜試してみて、やっぱりクロードが無理そうであれば王妃としてクロードに側室を勧めよう。彼が築き上げてきた大切なもの——、国民が平和で幸せに暮らすこの国を守ってあげたかった。

でもやはり側室となる人がクロードの精を受けるのだと思うと、心が押し潰されそうになる。

アンジェリカが悶々としていると、ノックの音が響き渡った。

「ひゃっ、は、はいっ」

びっくりしすぎて思わず大きな声をあげてしまったのだが。

手にランプを持って入ってきたのは、クロードではなくアンジェリカ付きの女官だった。

「あの、アンジェリカ様、陛下が今宵は陛下の寝室にてお待ちいただくようにと……」

「えっ、陛下の寝室で?」

女官も初めてのことで戸惑っている。

とたんにアンジェリカの胸もドキドキと高鳴った。なぜならクロードの寝室に入るのは初めてだからだ。

「さ、陛下が間もなく戻りますからお移動を」

そう急かされて、アンジェリカは慌ててガウンを羽織り、秘伝の書を胸に抱えた。

──クロードがどういうつもりかは分からないが、一応この本も持って行こう。

女官の後に従って、王妃の部屋からバスタブのある浴室を抜けると、そこには王の寝室へと続く扉がある。

「ささ、今宵はこちらでお待ちを。それでは御前失礼いたします」

一歩クロードの寝室に足を踏み入れたとたん、アンジェリカは目を瞠る。

アンジェリカの部屋とは違い、とても大きな部屋だ。万が一、襲撃を受けても籠城できるような作りになっている。

だがなにより驚いたのは、寝台の大きさだ。

大人が三人は余裕で寝られそうなほどの広さがある。しかも部屋には明かりがいくつも灯されていて、昼間のように煌々と輝いている。

──女官が消し忘れたのかしら？

クロードは寝室での明るさを嫌う。

ここで自分の夜着姿をあからさまに見せるのは忍びない。

アンジェリカは部屋のあちらこちらに置いてあるランプのつまみを捻(ひね)って明かりを消した。寝台の脇にあるランプは、クロードが入ってきたときに転ばないよう、足元が分かる程度に芯を絞って光を落とす。

真っ暗とはいかないが、ほの昏くなってほっとする。

これぐらいの暗さであれば、クロードが戻ってきても大丈夫よね……？

秘伝の書を胸に抱きかかえながら、アンジェリカは、さて、どこでクロードを待とうかと思い悩む。まさか彼の寝台に勝手に座って待つのも失礼だ。

うろうろとしていると、寝台の奥にある扉が急に開いた。

「――アンジェ？」

ローブ姿で頭をタオルで拭きながら現れたのは、なんとクロードだった。

初めて彼の湯上りの姿を目にして息が止まりそうになる。

いつも高襟のカチッとした正装姿を着崩さないクロードなのに、しどけないガウン姿のため、胸の筋肉が盛り上がっているのが分かる。

あの正装の下には、こんな肉体美が隠されていたのね。

ローブの袖から覗く腕は、ごつごつしていてなんとも男らしい。政務で忙しい中でも、毎日剣の鍛錬も欠かさないクロードならではの努力の証でもある。

「そ、そちら側にもお風呂があったのですね」

クロードの身体を凝視してはいけない。きっと彼はじろじろと見られるのはいやなはずだから。

アンジェリカが目を泳がせながら視線を落とすと、すぐ近くにクロードの気配がした。

ふわっと清潔な石鹸の香りが鼻を掠めて、みぞおちがきゅんとする。

「うん、こちら側の風呂は城の北西にある温泉の湯を引き入れているんだ。だからいつでも好きな時に入浴できるよ」

くすりと笑むクロードに、アンジェリカはますます心臓が跳ね上がった。

なんだかいつもと違う彼の雰囲気に圧倒される。大抵、子作りをするときは、クロードはほぼ無言でコトをいたす。

こんな風に寝室でくだけて話しながら笑ったりなどは絶対にない。クロードの素の姿を垣間見たようで、アンジェリカは胸に抱いていた秘伝の書をぎゅっと抱きしめた。

私の夫が素敵すぎる……。

アンジェリカにとってはいつも王としての規律を守り、聖人君子として国を統治する国王の印象が強い。

でも、今宵のように王というマントを脱いで、くつろいだ姿を見せるクロードが素敵すぎて舞い上がりそうになる。

「アンジェリカ、おいで。今夜は僕たちの特別な夜になるはずだ。一緒にその書を見てみよう」

「──あっ」

手を引かれてアンジェリカは大きな寝台に二人で一緒に腰を掛けた。

するとやはり部屋の明るさが気になってしまう。

ランプの芯を絞ったにもかかわらず、アンジェリカの部屋のランプよりも大きなせいか、かなり明るい。

「うーん、暗いな」

「へっ?」

なにを思ったのかクロードが寝台の脇にあるランプの明かりをさらに大きくした。

炎が大きく弾けてクロードの体軀がよりはっきりと浮かび上がる。

──明るすぎる、ではなくて、暗い……?

いつもと正反対のクロードの言葉に戸惑っていると、振り返った彼が意味深にアンジェリカを見下ろして口元をゆっくりと引き上げた。

「……こんなに暗くてはアンジェの可愛さが分からないからね。もっと明るくてもいいのだが……」

さっきアンジェリカが消して回ったランプも灯そうとしたので、アンジェリカは彼の口ーブを咄嗟に引いた。

「あ、あの、私が恥ずかしいです……。その、いつもと違うので……」

「そうか、じゃあ今宵はこのぐらいの明るさでいいかな。徐々に慣らしていこう」

――徐々にって、クロードはやっぱりあの秘伝の書のとおりにずっと続けるつもりなの？

きょとんと小首を傾げてクロードを見上げると、どういうわけか彼がはっとして目を見開いた。だがすぐに、顔を背けられてしまう。

しかも何かを堪えているように、片手を口にあててわなわなと震えている。

「――っ、ごめんなさいっ」

私ったらなんてことを。

クロードは寝室を明るくしただけでもきっとかなり無理をしているのに、こんなネグリジェ姿で彼を見つめてしまうなんて……。

アンジェリカが身を固くして俯くと、隣のクロードがぶつぶつと小声で呟いている。

（く……っ、可愛い……。食べてしまいたい……）

――空耳？

まさかクロードが自分のことを言っているとは思えず動揺する。

「ああ、ごめん。アンジェ。慣れるのは僕の方だね。君を見たらあまりの衝撃に目がくらくらして……」

——ああ、やっぱり。クロードは無理をしているのね。

アンジェリカがまぶたを伏せると、クロードが肩をそっと抱いて引き寄せた。

「アンジェリカ、僕をずっと好きでいてくれてありがとう。心配しなくても大丈夫だよ。君を怖がらせたりしない。今夜はゆっくりしていこう……僕が我慢できれば、の話だが」

最後の言葉にさらに悲しい気持ちになる。

だが、クロードだって国のために嫌なことを我慢しなくてはならないのだもの。

アンジェリカが頷きながら秘伝の書をぎゅっと抱きしめると、クロードが貸してごらんとその書を取った。

彼の胸から下がっていたペンダントの先に小さな鍵がついている。アンジェリカとお揃いのものだ。

クロードは二人の鍵を使って書物をカチリと開けると、思いつめた表情を向けた。

「アンジェリカには刺激が強いかもしれないけど、大丈夫だよ。優しくするから」

クロードが本を開いて最初のページを捲る。

すると見目麗しい男女が、口づけをし合っていた。その次のページを捲ると、なんとその男性が裸の女性の豊かな胸の頂に口をつけている。まるで赤ちゃんのように女性の乳房を吸っているようにも見える。

隣でクロードがごくりと喉を鳴らした。

息を大きく吸いこんだと思ったら、ふぅ～と何かを抑えるように吐き出している。しかも気のせいではなく、その吐息が微かに震えている。

「あの、クロード、さま？」

急に腰をもぞもぞさせてなんとも居心地が悪そうだ。アンジェリカはやっぱり、真面目で潔癖なクロードにはこれを実践するのは難しいのではないかと訝った。

アンジェリカよりも、クロードの方に刺激が強いのではないか。

逆に自分はシャルロッテから恋物語の小説を借りて読んでいるので、クロードよりもいくぶん裸の男女には耐性がある。

「あの、もしご無理でしたら……」

「――そんなことはない。とうとう、僕がこのようなことをアンジェに……。こんな日が来るだなんて……。ああ……神よ……」

彼が胸元で十字を切った。

明らかにその書に衝撃を受け、神に祈りを捧げている。そんなクロードが不憫になった。

だがそこは、一国の王である。

国のためにはやり抜くと決めたのだろう。

彼は秘伝の書を投げ出したりせずに、喰い入るようにその先のページを捲って眺めている。

「ああ、アンジェ。申し訳ない、僕ばかりが見てしまって。君も知りたいよね。どんな体位で交わるのかとか」

この国を災いから回避するためには、秘伝の書のとおりに交わりを進めて行かなければならないのだ。

書物の冒頭では、交わりの前にお互いの身体への愛撫が必要だと記されていた。

そのことが序章で微細にわたり図入りで記されている。その次の本章は壱の章、弐の章……と全部で四十八章まであり、様々な交わり方が記されていた。

壱の章は、女性が大きく足を開いて男性がその間に入り、子種を注いでいるような構図になっている。

——こんなに足って開くものなの？

アンジェリカはどちらかというと身体が硬い。いつもはほんの握りこぶしだけ足を開くと、うまくその隙間からクロードが挿入してくれたのだが、こんなに左右に開いてしまったら、あられもない部分まで丸見えになってしまう。

クロードがぱたんと本を閉じて、寝台の脇に置いた。

深呼吸をして、覚悟を決めたようだ。

「アンジェリカ……、なんて言葉にしたらいいか分からない。本当にこんな日を迎えるなんて思ってもいなかった……」

「ごめんなさい。私がもっと早く世継ぎを産めればよかったのだけど……」

「何を言う、アンジェ。世継ぎなど二の次……、いや、すべての責任は私にある。それに女性が気持ちよくならないと子種が根付きにくいらしい。だから今夜はアンジェリカをたくさん気持ちよくしようと思う。覚悟はいいね……？」

アンジェリカはたくさん気持ちよくなることがどういう事なのか分からないまま、クロードに気圧(けお)されてコクコクっと頷いた。

クロードと手を繋(つな)いだり、ほんの少し唇が触れ合っただけのキスでもとても気持ちがいい。お互いの手を触れ合わせながらキスをしたら、どんな感じがするのだろう。

「アンジェ、君に嫌な思いをさせたくはない。なるべく抑えて進めるが、もし途中で限界に達したら……申し訳ない。不甲斐(ふがい)ないことだが」

なるほど、きっとクロードはこれが言いたかったのね。嫌悪感をなるべく抑えながら進めるけれど、我慢の限界に達したらコトを止めるつもりなのだわ……。

「――あっ」

「すまない。早くしないと抑えられそうにない」

クロードがアンジェリカを寝台に押し倒して伸(の)し掛かってくる。

今までにない強引な様子にアンジェリカは目を丸くした。

彼の言葉から、さっさとこの義務を終わらせたいのだと分かる。

だが、どうしたわけか、眼前のクロードは嬉し気に瞳を眇めている。

「いい子だ。アンジェ……」

クロードの唇が近づいてくる。ちゅっという軽い水音の後、生温かい舌先が唇の隙間から滑り込んできた。

「ん……っ」

口腔を肉厚な舌がぬるぬると這いまわり、ときおりアンジェリカの唾液を啜り上げながら、クチュクチュと掻き混ぜる。初めての感触に訳が分からずぽうっとなる。

「アンジェ……。何て……甘さだ」

両頬を包まれて、口内を隅から隅まで舌で撫でられ堪能される。ときおりクロードがごくりと美味しそうに喉を鳴らして何かを呑み込んでいる。

どうやらそれはアンジェリカの唾液のようだった。

――う、嘘でしょう。クロードが……。

アンジェリカにとって、舌と舌が触れ合う口づけは生まれて初めてだ。

ざらりとした感触が生々しい。

それが口内を蠢き、アンジェリカの舌のひらをねっとりと撫でつけた。

その瞬間、ぞくぞくっとした快感の震えが腰骨を走る。

「ふっ……、んっ」

「アンジェリカは、温かくて甘い。小さな真珠のような歯もなんという可愛さだ……」

自分の言葉をアンジェリカにも分からようとしているのか、歯列を一つ一つ可愛がるように舐め回す。

——ああ、生の口づけは物語で読んだ想像のものとは全く違う。

肌の下が熱くなって、なんだか下腹部にジンとした熱が灯っていく……。

「は、はぁ……、アンジェ、もう君との口づけだけで限界に達しそうだ……」

——っ、やっぱり、クロードには無理だったのね。

口づけの気持ち良さに、アンジェリカの方は酔いしれそうになってしまったのだが、これ以上、彼に無理をしてほしくない。

アンジェリカは、覚悟した。

きっとクロードの忍耐もここまでなのだろう。

なにしろ潔癖なクロードは、肌と肌の触れ合いを嫌う。口づけだって、いつもは唇を一瞬だけ触れ合わせるだけなのだから。

それでもクロードが頑張って、こんなにも濃厚な口づけを与えてくれただけで嬉しい。

だがクロードの舌は、いまだ執拗にアンジェリカの口腔を蠢いている。

——なぜ?

しまいには、アンジェリカの舌を自身の口の中に含み入れて、吸ったり舌を絡めてぐるりと撫で回したり、クロードの思うままに蹂躙されてしまっている。

「んっ、ふぁ……っ」

――ど、どういうこと？

だがクロードの深くて熱い口づけの威力に、アンジェリカの思考が溶かされそうになる。

それだけではない。

手足の先が甘く震え、くったりと重く感じてなぜだか全く力が入らない。

淡白だと思っていたクロードから、想定外の情熱的で執拗な口づけを与えられ、頭の中がじぃんと震えてきた。

クロードに申し訳ないと思いながらも、その心地よさに喉が甘く鳴ってしまう。

「んっ……んふっ……」

「アンジェリカは、そんな風に啼くのだな」

クロードがふいに唇を離してアンジェリカをじっと見下ろした。

濃厚に口づけられたせいか、二人の唇の間に銀の糸が伝い、それをクロードがぺろりと舌を出して舐めとった。

その仕草がたとえようもなく卑猥だ。

いつもと違って、クロードの様相がどこか倒錯的に感じてしまう。

普段は美しく澄んだアイスブルーの瞳は、ともすれば狂気的な熱が燻っているようにも見えた。

——くすり。

突然クロードが目を細めて含み嗤った。

小さな男の子が虫取りに行き、欲しくて堪らなかった蝶を捕まえたときのような表情だ。

弟と同じだわ……。

アンジェリカの弟も、蝶を捕まえた時によくこんな表情をしていた。

嬉しそうにじっくりと蝶を飽くことなく眺めていた弟と、クロードの面影が重なってぶるっと身震いする。

クロードの笑顔がいつもと違ってどこか歪んでいるように見えて、よく分からない怖気が背中を走り抜けた。

「はぁ……、可愛いアンジェ。その慎ましいネグリジェを脱がせてあげよう」

「あ……、あの、このまま続けて大丈夫なのですか?」

するとクロードがおやっと目を瞠る。

「まさか……アンジェリカは嫌なのか?」

今の失言に自分を呪いたくなった。

何てことを言ってしまったの。クロードはどんなに嫌悪することでも、こんなに前向きに頑張っているというのに。

可愛いという言葉も、私に嫌な思いをさせないよう、クロードの心配りによるものだ。

「いえ、ごめんなさい。そんなことは全然ありません。クロードの思し召し（おぼしめし）のままに……」

「無理強いはしたくない。いつでもアンジェリカの本当の気持ちを伝えて欲しい。私も限界が来たら正直に話すから。その時は悪いが先に抜かせてほしい」

こくりとアンジェリカが頷くと、クロードが少しほっとしたように肩の力を落とした。

こんな時でも自分の気持ちを気遣ってくれるクロードの優しさにじぃんとなる。

それにクロードは限界が来たら寝室を抜けて行くのね。

確かにあれこれ言い訳をされるよりも、すっといなくなった方がお互いに気まずくならずに済む。

クロードが限界に達するまでに、二人でなんとか力を合わせて子作りをしなければ。

「あの……、ネグリジェ、脱ぎますね」

全てをクロードだけにやらせてしまうのも忍びない。

アンジェリカは羞恥に震えつつも、勇気をふり絞って自分のネグリジェのボタンを一つずつ外していった。

すっかりネグリジェを脱ぎ去り下穿きだけの姿になると、恥ずかしさにぎゅっと目を瞑る。

目の前のクロードは、アンジェリカが生まれたままの肌を晒した瞬間、額に手を当てて悩まし気に頭を振った。

この先はどうしていいか自分でも分からないから、できればクロードにお願いしたい。

だが、しーんとしたまま、クロードの動きがない。

アンジェリカがおそるおそる見上げると、まるで女神を崇めるようなとろんとした表情のクロードがいた。

「アンジェ、なんて美しい……」

クロードの言葉に心臓がとくんと鳴る。

アンジェリカは泣きそうになった。

今の言葉が、自分を思いやっての言葉だとしても、嬉しさで胸が一杯になる。

「アンジェ、愛しているよ。この僕のために勇気を出してくれてありがとう。そなたはただ唯一の我が妃だ。そなた以外と交わることなど考えられない」

クロードがアンジェリカを逞しい胸の中に掻き抱いた。自分とは違う、熱い体温とその温もりが、肌に心に沁みこんでいく。

ドクドクいうクロードの鼓動が、じかに身体の奥に響いてその力強さに感動する。

──こんなにも肌と肌で触れ合うことが心地いいだなんて。

彼の両手がアンジェリカの細い腰を這い上ってきた。

その逞しさにぞくりと身震いする。

大きな手が膨らみに触れ、すっぽりと乳房を包みこんだ。

壊れものにでも触れるかのように、繊細な手つきでやわりと揉みこんでくる。

「──く、これはいったいどうなっているんだ。なんて柔らかさだ。それなのに弾力もある」

クロードが驚きに息を呑む。

その重さと感触を確かめながら、五指を巧みに使って乳房を揉みしだく。ツンと尖りを帯びた先端の蕾を人差し指でコリっと捏ねられた。

「ひぁっ……」

じわりと甘い快感が走り抜けて、アンジェリカはびくんと仰け反った。

その反応に満面の笑みを浮かべたクロードが、さらに執拗にくりくりと刺激する。

すると乳首がスグリの実のように赤く染まってじんじんしてきた。はしたなく勃ちあがったそこを指先できゅっと摘まみ上げられる。

「可愛い」

「……ふぁあッ、……んんッ！」

ビクンと身体が揺れて、アンジェリカは思わず啜(すす)り泣(な)いた。

気持ちがいいのにやるせないような疼(うず)きが肌の奥から湧きあがる。

「アンジェリカ、そなたにはお仕置きが必要なようだ。舐めて欲しそうに、こんなにも可愛らしくツンと尖らせるとは……」

はぁ……とクロードから悩まし気な吐息が聞こえたと同時に、胸の頂が熱いもので包まれる。

——嘘でしょう。

秘伝の書のように、胸の先っぽを吸われている。

熱い咥内(こうない)に含まれた蕾は、ねっとりと彼の口に吸い上げられた。コリコリと舌先で嬲(なぶ)られ熱い疼きでいっぱいになる。

「んんぅッ……」

「——ああ、極上だ……」

アンジェリカは堪らず身体をびくびくと跳ね上げさせる。

「く……瑞々しさにも程があるだろう……。まるで天国の桃のようだ」

揉みしだきながらちゅぱちゅぱとしゃぶり、舌先でころころと硬く窄(すぼ)まった蕾を転がしている。

愉(たの)し気(げ)でもあり、妖艶なクロードの表情もあいまって、脚の付け根がキュンと疼いてしまう。アンジェリカは慌ててぎゅっと太腿を閉じ合わせた。

「なんということだ。これは永遠に続けられる」

クロードは一瞬かぶりを振ったかと思うと、すぐにまた、硬く尖った乳嘴を交互に口の中に含んでは、肉厚な舌で大胆にいたぶり始める。

ちゅ……ちゅぱっという音の相乗効果と、ねっとりした舌の感触が堪らない。

胸の先が切ないほど気持ちが良くて、閉じていた足がむずむずする。

なんだか、自分の身体がもどかしい。

とろんとした蜜液が脚の間から流れ出た。同時に甘美な熱が全身に沁みわたる。

「もっとこの小さな実を舐めて欲しいか……ん？」

「やっ……、あっ……」

クロードが片方の乳首をきゅっと強く捻って、もう片方の蕾を甘噛みする。ビクンと身体が大きく波打つと、乳房もぷるんと揺れた。

唇や歯を使って、乳房の先端を優しく食まれる。すると生まれて初めて、鮮烈な快感が胸の先から生まれてきて驚きに喘いだ。

ずきずきした甘い疼きが、子宮の奥に溜まっていく。

「や……クロードさま……、そこ、も……だめ……許して」

「ふ……可愛い。アンジェはどうやら胸が弱いようだ。こちらはどうかな」

「――こちら？」

よく分からずに、鸚鵡（おうむ）のように聞き返してしまう。

するとクロードが妖艶に微笑みながら、ゆっくりと身体を起こした。

その色香に圧倒される。しかもまだ堪能しきれていないような、貪欲そうな男の底知れない妖艶さが漂っていた。

いついかなる時も、聖人君子じゃなかったの……？

クロードの本性を疑ってしまいそうになる。

――だめ、だめ。私はなんて目で夫を見ているの。クロードはひとえにこの国のために秘伝の書のとおりに交わろうと頑張っているのに。

神様、どうか無事に今宵、クロードが子種を注げますように。

今のところ、クロードもなんとか私に我慢できているようだ。

「アンジェリカの一番可愛い所をすべて見せて」

何をするのかと思いきや、するりと下穿きを脱がされてしまう。いや、どちらかというと剝（は）ぎ取られたと言った方が正しい。

しかも剝ぎ取った下穿きをどうするのかと思いきや、なんと片手で握りしめながら、その匂いを嗅いでいる。

「――ああ、アンジェリカは香りまで甘いな。甘酸っぱくて、あそこにクる」

なにくるのか分からないが、その表情は酔いしれているように見えなくもない。

まさか――とは思うけど、クロードは本当に嫌々なのよね……？

もくもくと浮かんだ疑念を打ち消すように、慌てて頭を振った。

ひとり煩悶していると、ひょいと両脚を軽々と高く持ち上げられてしまう。

膝裏を抑えられ、脚を左右に開かされた、あられもない格好に驚きすぎて声が出ない。

アンジェリカの秘められた箇所がぱっくりと露になっている。

「やぁぁッ、だめ、クロード様、見えちゃいます……！」

きっと秘所が丸見えになっている。脚を閉じようとしても全くビクともしない。

それはそうだ。精鋭揃いの軍を指揮し、時には自ら訓練もするクロードだ。アンジェリカの力など、赤子のようなものだろう。

自分でさえ恥ずかしくて、湯浴みの時にも見るに堪えないくらいなのだ。潔癖なクロードなら、なおさら目に毒なはず。

「……なんてことだ」

クロードが秘めやかな場所を凝視して、気を失うのかと思うほど、ぐらりとよろける。

――ああっ。ほら、だから言ったのに。

寝間着だけでも、彼にとっては見るに堪えないのに。

もうここで止めてもらった方がクロードのためにいいのかもしれない。

「アンジェリカ、すばらしい……」

――へ？　空耳？

でも確かにクロードの声。……しかも彼の喉ぼとけがごくりと上下している。

「君は罪作りだな。今までも……。そして今宵も私をこんなにも悩ましくさせる」

その意味をどう捉えていいのか分からずにいると、クロードがアンジェリカの脚に口づけを落とした。ちゅ、ちゅ……と爪先から徐々に太腿に近づいていく。

思わず見ないでと声を上げた。

「もちろん、秘伝の書のとおりに、これからアンジェリカの可愛い花びらを愛でるのだから、むしろ見えないと困るだろう……？　ああ、蜜がこんなに滴って」

さっきは気を失いかけたのに、クロードはまだ続けるつもりらしい。

――だが、どうしよう。海綿を持ってくるのを忘れてしまっていた。

太腿への口づけが気持ちよくて、とろりとした蜜が流れ出る。いつもは海綿が吸い取ってくれていたので、粗相したように零れて滴っていく感触に恐れをなす。

クロードがきっと不快になってしまう。寝台を汚してしまうかもしれないのだもの。

アンジェリカは泣きそうな声で言った。

「ごめんなさ……っ、海綿を私の部屋に忘れて来てしまって……」

「海綿？　ああ、今宵からは海綿は必要ないだろう？　秘伝の書には指と舌でほぐす、とあったからね」

クロードがふわりと微笑む。こんなにも嬉しそうなのは、私を気遣っているだけ？

最初はとても嫌そうだったのに、いったいどうしたというの？

彼がアンジェリカの脚に存分に口づけをしたり舐め上げたりすると、いよいよしどけなく露を含んだ薄い茂みに口づけした。

「――んっ」

温かな感触に、ビクンッと腰が跳ねる。

クロードはさらに太腿を押し上げて、アンジェリカの腰を浮かび上がらせた。蜜口から溢れる蜜を啜り上げながら、まるで犬が水を飲むようにぴちゃぴちゃと舐め啜っている。

ぬめぬめしたクロードの舌は、いやらしく蠢き、えもいわれぬ甘美な温もりを灯している。

さらにアンジェリカの閉じた襞を解すようにゆっくりと、舌先で割り広げながら舐め上げていく。だが、どこか卑猥なざらりとした生々しい感触に身が強張った。

「や……、だめ……、そこはっ……」

「怖がることはないよ。ここも気持ちよくしてあげよう」

――そうだった。私が気持ちよくならないと、子種がうまく根付かないから。

だからクロードは、こんなにも嫌なことを我慢して頑張ってくれているのね。

これも国のため。クロードのため……。

それでもその決心さえも舐め溶かすように、クロードの舌が花襞の間を大きく縦に動いてアンジェリカの理性をも吸い上げていく。

「あっ、あンっ、あぁ――ッ」

生まれて初めてのくすぐったいようなもどかしいような感覚。腰の奥からとろんと甘い熱が沸き上がる。

気持ち良さに心も身体も、ふわふわとどこかに浮いて飛んで行ってしまいそうになる。

「……クロード、さま……、は、恥ずかしいです……。んっ、私、もう充分気持ちがいいので……」

だからもう無理に続けなくても――そう伝えたかった。

クロードと共にこの一年、ずっと慎ましく交わってきたアンジェリカには、秘部を舐められるという行為は刺激があまりにも強い。

なにより誰にも見せたことのない花園を見られていることが、羞恥の極みだ。

恥ずかしさのあまり、このまま消え入りたくなってしまう。

だがクロードは不敵な笑みを浮かべて、口元を引き上げた。

「駄目だよ。アンジェは本当の気持ちいいをまだ知らない。もっとアンジェリカに恥ずかしいことをするから、もっと気持ちよくなって欲しい」

「――え？　あの、――っ……んぁっ」

くちりと音がした。

視線を落とすと、クロードが指を伸ばして花襞を左右にくぱりと開いている。

あろうことか、湯浴みの時でさえ見ないようにしている秘所の奥まで、じっくりと見られている。

アンジェリカは思わずひゅっと息を呑んだ。

「ああ――、中までトロトロ、ぐしょぐしょだ。アンジェリカの甘い蜜がこんなにたくさん溢れている」

興奮したように上ずったクロードの声が聞こえた瞬間、襞の谷底に溜まった蜜ごとれろりれろりと舐め啜られた。

――刹那、アンジェリカの身体が固まった。

襞の表面を舐められている感触とは全く違う。

柔らかく濡れた花びらの奥は、どこの皮膚よりも繊細で敏感だった。

しかもクロードは蜜口の泥濘にも舌先を窄めて挿し入れ、舐め解している。

しまいには、蜜洞の内側に、生温かなクロードの舌が押し入ってきた。それが生き物のようにぬぽぬぽと蜜口を出たり入ったりして卑猥に蠢きだす。

今までと全く違う刺激に、腰が跳ね上がった。

「ひぁっ……、それ、だめぇぇ……」

「すばらしい……。アンジェの中、瑞々しくて……甘い蜂蜜壺の中のようだ」

ひとしきり中をほじくるように蜜を舐め啜った後、クロードが顔を上げた。

唇の周りについた淫らな蜜も、ひと雫も残さないように指で拭って口に含んでいる。

「ここは刺激が強すぎた？　秘伝の書によると、本当はもっとアンジェリカを気持ちよくしてからにしないといけなかったのだが……我慢できずに先走ってしまった」

クロードの忍耐も限度に近づいているから、先に進みたかったのだろうか。

だが四肢の力が抜け、あまりの気持ち良さにひくひくと震えるだけのアンジェリカには、それに答える余裕はない。

「今度はもっとちゃんと気持ちよくなれると思う」

「いえ……、もう、じゅうぶん気持ちがい……あぁっ……んッ」

クロードの舌が蜜孔から這い上る。舌先が大胆に秘裂を掻き分けながら、割れ目の上の敏感な突起を探り当てた。

すると嬉しそうに輪郭を辿りながら、ぬるぬると舐め回す。

「あっ、そこ、やぁっ……、はぁっ、ん、んっ――……」

胸の蕾を舐められた時の比ではない。次元が違う。

全身の神経がそこに集中している感じがする。

蕩けるような熱が漣のように、爪先や指先にまで広がっていく。

舌が敏感な肉粒に触れては捏ねるたびに、正体不明の妖しい愉悦が走り抜けていく。

――いったいなに？　そこにあるのは……。

小さな器官があるのだと分かる。

でもいつもはこんなに強烈に存在感を主張していない。

「アンジェリカ、ここはアンジェリカが一番気持ちよくなる可愛い真珠だよ。女性にはこんなにも素敵な宝珠があるんだね。これから毎晩ここを舐めて可愛がってあげよう」

「やぁっ……、だめぇ。そこ、なんだかおかしいの。舐めたらやぁっ」

アンジェリカは懇願するように咽び泣いた。

このまま舐め続けられたら自分が自分でいられなくなりそうで怖い。

快楽が強烈過ぎて、いやいやと駄々をこねるようにかぶりを振る。

「まだまだ可愛がりが足りないぐらいだ。もっともっと愛でてあげる」

剥き出しにされた桃色の秘玉を満遍なく舐めしゃぶられ、アンジェリカは思わずシーツをぎゅっと握りしめた。息をするのもままならない。

だがそんなアンジェリカをクロードはさらに高みへと追い詰める。まるで獰猛な肉食動物に豹変してしまったかのよう。

ねっとりと秘玉を舌で愛撫したり、音を立てて愛液を啜られる。

あまりの過ぎる快感に、とうとう脳芯を貫くような法悦が襲いかかってくる。

「はぁ……ンっ、んはぁっ……」

声までも蕩け切り、鼻にかかった甘い声がだだ洩れになる。こんな声を出してはクロードを不快にしてしまう。だがクロードはさらに追い打ちをかけてくる。ぷっくりと膨れて敏感になった秘玉。それを唇の中にすっぽりと含み入れて、じゅっときつく吸い上げた。

「ふわぁぁぁっ――……」

その途端、思考までがとろとろに蕩けそうなほどの快感が全身に広がった。

びくんびくんと腰を跳ね上げながら、官能の坩堝へと誘われていく。

とてつもない大きな愉悦の波に、秘芯が震え頭が真っ白に染め上がる。

「アンジェ、ああ、堪らない……」

クロードはアンジェリカをさらに極みへと押し上げるように、なおも唇を窄めて秘玉を丹念に吸い、舌先を左右に動かし快楽を煽った。

「はぁ……アンジェリカの内側も、可愛がってやろう」

クロードの長い指が蜜壺を押し開く。

海綿とは違う、太くて逞しい生身の指の感触に腰骨がぞくりと慄く。

指先がゆっくりと、内側の感触を確かめるように蠢いている。そのうちぐちゅぐちゅと音を立てて出し入れを開始した。

生まれて初めて男の指で媚肉を擦られ、蜜壺がはしたなくきゅっと窄まる。

堪らず仰け反った喉が、快感にヒクヒクと震えた。

いつもは王として、臣下に指図している武骨だが清廉潔癖な指。

それがアンジェリカの中をぬぷぬぷと卑猥に掻き回す。

しかも同時に舌でまとわりつくように秘玉を舐め回されては、ひとたまりもない。

「ひ……あぁ、だめ……だめ……ッ、なにか来ちゃう……ッん」

身体の奥から快楽の潮が迸り、全身を凌駕した。

がくがくと全身を震わせて、言葉にできない陶酔に身悶える。そんなアンジェリカの姿に、クロードは恍惚の笑みを湛えている。

「ああ、アンジェリカの中がとろとろで熱くうねっている。僕の指をきゅうきゅう締め付けて、もう我慢も限界だ」

死にそうなほどの気持ちよさに浸っていると、クロードは指を引き抜き、半身を起こして自身のローブをするりと脱いだ。

引き締まった美しい体軀が露になる。何も身に着けていないクロードに目を奪われた。

これほど魅力的だとは思ってもいなかった。

秀麗な美貌はもとより、鋼のようなしなやかに鍛え上げられた肉体。

クロードの裸体を目にしたのは初めてだったが、男らしい造形美に目を奪われた。

「とろんとしたアンジェは可愛いにもほどがある……。いい子だ、秘伝の書のとおり今から子種を注ぐよ。うんと気持ちよくなって」

いつもは暗すぎてよく分からなかったが、視線を落とすと獰猛に反り返っている屹立（きつりつ）がはっきりと見えた。

もちろん、男性器については、輿入れ前にその形状ぐらいは聞いてはいたのだが、これほどとは思わなかった。

太くて真っすぐに伸びあがる雄芯。

ずっしりと重そうなのに、どうしてあんなにそそり立っているのだろう。

雄々しいのにその先端はひどく禍々（まがまが）しい。淫らな形に息を呑みながらも見惚（みと）れてしまう。

すると艶麗な笑みを浮かべたクロードに見つめられた。

「アンジェ、とろんとした目をして眠いのか？　寝てはだめだよ。君の中の僕を感じて」

くったりと力の入らない両脚を秘伝の書のとおりにぐいっと開かれた。女性の身体が、快楽に蕩けるとこんなにも大きく開脚するものだとは自分でも思わなかった。

さんざん嬲られた後の淫唇や秘玉は、いまだ絶頂の余韻が冷めずに敏感なまま。なのに物欲しげに厭（いや）らしい蜜汁を垂れ流してひくひくと打ち震えている。

「ああ……アンジェリカは糖蜜をたっぷりかけた柘榴（ざくろ）のように蠱惑的（こわくてき）だ……」

潤みきった花襞を凌辱（りょうじょく）するように、クロードは雄の塊をぬるりと押しつけてきた。

それだけで早くも天国に連れて行かれそうになる。

花びらのあわいに亀頭を割り入れ、腰を前後しながら、蜜液をその太い肉胴に満遍なく纏（まと）わせていく。

「っ、持ちそうにない。もう限界だ、挿入（い）れるよ」

ひどく熱さを増した塊が押しあてられると、濡れそぼつ蜜孔は柔らかく開いてそれを含み入れていく
ぐぷんと音がして亀頭が沈み込み、クロードの長い塊が胎の中に入ってきた。

「ひ……あぁ……っ」

太い幹が、ゆっくりと押し進む。

これまでにないずっしりと重さのある質量に、アンジェリカは圧倒されてしまう。

――ど、どういうこと？　同じクロードなのにいつもと全く違う。

みちみちと濡れた媚肉を押し広げていく感覚に、腰骨から甘苦しい疼きが沸き上がる。

アンジェリカは堪えきれずに甘い啜り泣きを上げた。

「ああ……アンジェの中、いつもよりぴったり吸い付いてくる」

男根を根元までのみ込むと、クロードも感嘆に打ち震えた。

膣奥で雄幹がどくどくと脈打っている。しかも今までにないくらい奥深くまで、太い肉芯でみっしりと埋め尽くされていた。

これまでもクロードを受け入れてきたというのに、まるで初めて彼を受け入れるかのように媚肉が歓喜し、ざわざわと蠕動する。

根元まですっかり挿入すると、クロードがほっとしたような溜め息を吐いた。

——もう、子種を注いだのかしら？

いつもは挿入とほぼ同時に子種を注がれる。

その瞬間は、温かい熱が下腹部に広がるのだが、まだそれがない。

「——開いてきたようだ。アンジェリカ、動くよ」

「えっ？」

動くって中で？　それってどういうこと？

今までの交わりにない、初めての行為に心臓がびくんと跳ねあがる。

だが狼狽する暇を与えずに、巨根がずるりと引き抜かれ、すぐさま奥に突き立てられた。

「ひぃあんっ……！」

「アンジェをもっとぐちゃぐちゃにしたい」

媚肉を擦り上げるように、深く出し入れを繰り返す。

身体中が掻き回されているみたい。

アンジェリカは感じたことのない強烈な甘い悦びに粟だった。

こんな感覚は初めてだ。クロードの陰茎が太長いせいか、深く沈んでずっしり重い。

突き上げられると、脳芯まで揺さぶられるような愉悦に見舞われる。とろとろの媚肉を力強い男根でヌチュヌチュと擦り上げられ、アンジェリカはあえなく溺れるような快楽に身を委ねた。

まるで糸を引くように、甘い喘ぎ声が細切れに響く。

「は……く……アンジェがきゅうきゅうに締めつけてくる……」

クロードは艶めいた声で呟きながら、腰を回して抜き差しを繰り返す。アンジェリカの気持ちいい所を探っているようだ。

「ああっ、そこ……っ」

「ここに欲しいのか?」

クロードが敏感な膣奥を突いたとき、反り返った亀頭が擦れるところが甘く痺れた。

敢えてそこを執拗に責められ、アンジェリカは猥りがましく嬌声をあげた。

「んんっ……、はっ……あぁっ……!」

「アンジェリカがすごく感じてくれて……嬉しいよ」

深く重く、執拗にアンジェリカを揺さぶり続ける。

ぐちゅぬちゅと卑猥な水音が、次第に激しさを増していく。

クロードはがっちりと腰を摑むと、緩急をつけながら、肉竿の擦れる感覚を堪能する。

「——っ、僕のアンジェ……。こんなにも君の中が気持ちよかったなんて……」

蜜がとめどなく溢れて、クロードが突き入れるたびに、蜜壺から卑猥な音が立つ。

陰茎が長いせいか、抜き差しにたっぷりと時間をかけて、挿入の快楽を享受しているようだ。

「は……ッ、アンジェ、堪らない。ずっとこうしていたい」

「ひぁ……あ……ッ、クロード、さま……？」

なんだか様子がおかしい。

聖人君子とはほど遠い姿で、まるで獣のような雄の色香を漂わせている。

いつもの涼やかな体温とは違う。煮えたぎったような熱い身体。

肌に汗の粒を浮かせながら、存分に腰を揮って抽挿にのめり込んでいる。

だがアンジェリカもクロードにギュッと抱きこまれ、まるで二人が一つに溶けてしまうかのような深い交わりに、感極まって声も出ない。

何度も絶頂の高みに連れて行かれ、忘我の淵をさまよい、そして理性が陥落する。

裸で触れあうことがこんなにも素晴らしいものだったなんて……。

「ッく――、アンジェ、射精る……ッ」

ぐりっと奥を抉られた瞬間、アンジェリカの耳元でくぐもった声が響いた。同時に男根がどくりと爆ぜて、膣奥に熱いものが勢いよく叩きつけられた。

雄の本能が剝き出しになった圧倒的な精の奔流に、アンジェリカの身体が法悦の波に呑み込まれる。

胎の中を溶かすような夥しい量の熱が、とめどなく注ぎ込まれていく。

クロードは今までになく猛々しい欲望を吐き出していた。

いっぱいに広げられ、クロードを咥えこんだ蜜壁が歓喜に痙攣する。

激しいけれど満たされた悦楽が押し寄せて、幸せで蕩けそうになる。

アンジェリカはクロードの体温を全身に感じながら、生まれたままの姿で交わり合うという初めての幸せに、心を震わせた。

「――すごいな。アンジェが悦すぎてまだ止まりそうにない」

腰を何度も揮いながら、クロードが妖艶に微笑む。

吐精を終えた後も、クロードはアンジェリカを大切な宝物のように、その腕の中に閉じ込めていた。

第四章　ハープの甘い音色

ルドルバッハの壮麗な宮殿の東の塔内に位置する迎賓の間。

床から天井まである大きなガラス張りの窓からは、王都の郊外に広がる湖の眺望を望むことができる。

この迎賓の間に足を踏み入れた使者は皆、クロードの国の美しさと壮大さに圧倒される。

かつて敵国であったジェレサール王国大使も例に漏れず、この絶景に賛辞を送る一人だ。

クロードが十九歳の王子であった時、父王が事故により突然崩御すると、両国は武力衝突の危機に陥った。

だがクロードが自らジェレサール王国に赴き、身命を賭して幾たびも根気強く交渉を重ねた結果、ついに和平へと至ったのであった。

今日は新たに互いの交易をさらに活性化しようと友好条約を結び、合意を得ることができた。両国の交渉が無事終わり、クロードは国王の印章を指から抜いて締結書にしっかりと押印した。

迎賓の間には、両国共にそれぞれの国の使命を終え、和やかな空気が流れる。

「ルドルバッハ神聖王国、クロード・フォン・ラインフェルデン陛下におかれましては、我が国との友好条約の締結につきまして、ご尽力下さり心より御礼申し上げます。我が王の名代として、私も肩の荷が下りました」

「貴公も遠路はるばるご苦労であった。ジェレサール王国、クレメンテ国王にもどうか宜しく伝えてくれ。貴公もお疲れであろう。書類を整える間、我が妃のハープの音色を楽しんでください」

クロードの言葉を合図に、アンジェリカも迎賓の間に足を踏み入れた。

今日はクロードの正装とお揃いの、空色のドレスを身に着けている。この窓から見える湖や空の眺望に合わせてデザインされたものだ。

クロードが笑みを浮かべながらアンジェリカに近づいてきた。

「アンジェリカ、我が妃は今日も一段と麗しい」

頬に口づけをしてから窓際のハープへとエスコートされる。アンジェリカは尊敬と誇らしさで胸が一杯になる。

今日は大事な調印式とあってか、クロードは前髪を後ろになでつけ、さらに端正さが増している。背が高く気品と威厳を兼ね備えた姿は、どの国の王にも叶わないだろう。

夜のしどけないクロードも素敵ではあるが、聖人君子と謳われるクロードの姿にも目を奪われずにはいられない。

「おやおや、王妃様は私のことは眼中にないようですな」

あまりにもクロードを見つめているものだから、大使が軽口をたたいた。室内はすぐに微笑ましい笑いが漏れて、その場がいっきに和やかになる。

アンジェリカは気を引き締めて、得意曲の一つであるルドルバッハに古くから伝わる音楽を披露した。

「ほう……これはこれは、王妃様のハープは何とも美しい音色だ。まるで女神が奏でているようですな……」

「大使様、光栄に存じます。お世辞でも嬉しいですわ」

弾き終えた後、アンジェリカは大使の賛辞ににこやかに答えた。

「いやいや、世辞なしに身も心も王妃様の優美な音色に包まれました。特に最近は、夜毎クロード陛下のために美しい音色を奏でられているとか……」

大使が何かを探るようにアンジェリカを見つめた。

もちろん、時々は夕食の後などに、クロードにハープを演奏することもあるのだが、さすがに毎夜とまではいかない。

アンジェリカが否定しようとすると、クロードがすっとアンジェリカの前に出た。

「もちろん、私が我が妃の音色を気に入っているのでね」

「なるほど、聖人君子として名高い王も、アンジェリカ妃の音色には酔いしれるのですな。ですが異国のハープには興味はございませんか？　これは我が国の王からの言伝なのですが……、我が国の第三王女もハープの名手でしてな。珍しいジェレサール王国独自のハープの奏者でして。アンジェリカ様の音色には叶わないかと存じますが、月夜に聴くとなかなかに心を熱く掻き乱されるのですよ。きっと陛下も心地よくなれるかと」

「――ほう」

「どうですかな？　クロード陛下。一度、我が第三王女の音色を聴きに我が国にお越しいただけませんか。互いの国の……さらなる友好のために」

　アンジェリカは嬉しくなった。

　一時は武力衝突も危ぶまれたというのに、今はお互いの王族同士、音楽で交流するなんて何て素晴らしいのだろう。

　もし可能なら、自分もクロードとともにジェレサール王国に赴き、第三王女と二重奏ができないかしら？　と思いついた。

　王族に生まれた女性は、楽器を何か一つは会得することが義務とされている。

　アンジェリカはピアノが全く得意ではなかったため、困った母が試しにハープを学ばせたところ、これがなかなか好評だった。自分も鍵盤を叩くよりは弦を弾く方が好きだったため、幼少期から何とか続けてこられた。

今は途中で投げ出さないで良かったと思う。

外交の余興とはいえ使者の一行を和ませることができ、クロードの役に立てたことが嬉しい。

「まぁ、それはありがたいお申し出ですね。もちろん陛下はきっと貴国に……」

「――いや」

アンジェリカが嬉しそうに答えようとすると、クロードが遮った。自分の身体に密着するようにアンジェリカの腰をぎゅっと引き寄せる。

「――？」

不思議に思ってクロードを見上げる。彼はきっぱりと断った。

「過分な申し出だが、今は我が妃以外の音色は耳に入らないのだよ。ジェレサール王には丁寧に詫びを伝えて欲しい」

「……そうでしたか。残念ですが御意のままに。ですがお気が変わられた際には、いつでもお待ちしております」

「気遣い痛み入る。だが、我が妃の音色は毎夜聴いても飽くことがないのだよ。他の音色を聴く暇はないだろう……。さ、此度はご苦労であった。貴国の王や貴公には、我が国の土産物を隣の部屋に用意している。どうかお受け取りを」

ジェレサール大使らの一行が一礼して隣室に引き取るのを見届けると、アンジェリカはクロードに向き直った。

「……クロード様、今のはちょっと失礼じゃないかしら？」

「どうして？」

逆にクロードが面白そうに聞き返す。

「だってせっかく友好条約を結べたというのに、あちらの国王の招待を断るなんて……」

「でも、本当のことだ。毎夜、アンジェリカの音色以外耳に入らないから」

「――？　でも、私はそんなに毎晩クロードにハープを披露していないわ」

「もちろん、披露してくれているよ。なにより可愛い声の音色を。甘やかな水音の二重奏とともに」

「えっ？」

腰に添えられていたクロードの手がうなじに回って顔を引き寄せられた。クロードの端正な顔がゆっくりと下りてきて、男らしく爽やかな吐息が唇に触れる。

次の瞬間、温かな唇が押し付けられた。

「――ん……、ちょっ……」

いったい彼はどうしてしまったのだろう？

まだルドルバッハの臣下らが室内にいるというのに、こんなところで口づけの不意打ちなんて。いつもの貞潔なクロードとは思えない。

――キスだって、今まで軽い挨拶のキスを頬にするぐらいしかなかったのに。

しかも同席していたアレン王子でさえも、どこか生温い目で自分たちを見つめている。

「どうやら兄上のために王妃様が独奏を始めるみたいだから、皆、席をはずそうか」

アレン王子が意味深なことを言い残し、臣下を従えて部屋を後にする。

「あ、アレンさま、待っ……んぅ……ッ」

「いけない子だ。私が口づけている可愛らしい口で他の男の名を呼ぶとは」

小さな唇を割り開いて、肉厚な舌がねっとりとアンジェリカのそれに絡みついていく。

ちゅ……くちゅ、と水音をわざと立たせて、美味しそうにアンジェリカの舌を食むように嬲り始める。しまいには、滴る唾液ごとじゅるじゅると吸い上げられた。

クロードの咥内に含まれる感覚に腰の力が抜けそうになる。

「ふ……ぁ、クロード様、隣の……大使に聞こえてしまいます……」

「構うものか。アンジェリカの前で失礼にも程があるだろう？　聞かせてやろう。アンジェの可愛い音色を」

「あんっ……、んんっ……んっ、はぁ……クロード様……、音色って……？」

「先ほど大臣が音色と言ったのは、女性の褥での喘ぎ声の隠語だよ。彼は私に第三王女と閨を共にする気はないか、と誘いをかけたんだ」

まさかそんなこととは露知らず、無邪気にも誘いを受けそうになったことに恥ずかしさを覚えた。国と国の駆け引きには、言葉の裏に含みがあるものだと祖国でも教えられたというのに。

「いい機会だ。隣室のジェレサールの一行にアンジェリカの可愛らしい啼き声を聴かせてあげよう。唯一無二の甘美な音色を」

クロードがアンジェリカの向きをくるりと変えたため、アンジェリカはハープと向き合い思わず弦を掴む。

「ひぁっ……」

うなじに唇を寄せながら、手慣れた手つきでドレスの胸元に手をかけ、引(ひ)き摺(ず)り下ろされる。勢い余ってコルセットから、ぷるんと乳房がまろび出てしまう。

「やぁっ……」

クロードがアンジェリカの乳房を掬(すく)い上げるようにして包み込んだ。大きな手にすっぽりと包まれ、気持ち良さに眩暈を覚える。立っているのがおぼつかなくなりそうなほどだ。

「可愛い……。明るい所で見るとなんと瑞々しく、桃のように美味(うま)そうなんだ」

クロードは自分の言葉を確かめるように、瑞々しい感触を堪能する。

その滑らかさを味わうかのごとく、やわやわと背後から揉みしだかれた。

手のひらから肉がはみ出る感触を愉(たの)しんでいるようだ。

アンジェリカは弄(まさぐ)られる逞しい手の感触に、ピクピクと身体が反応する。

——こんな所でだめなのに。甘い疼きが湧き上がって思考が蕩け出しそうになる。

「……んっ、だめ……っ、今は昼で……」

「アンジェ、秘伝の書の第十二章に書いてあっただろう？　陽の昇っている時、いつもとは違う場所で交わるべし、とね。ちょうどいい。秘伝の書のとおり、ここで交わろうか」

「——っ」

アンジェリカは絶句する。

まさか貞潔なクロードがこんなことを言うなんて。本当に本人なのだろうか。

「そんなっ。だって隣の部屋にはジェレサールの一行が……、それに召使い達も……」

「心配無用だ。彼らは私が呼ぶまで入ってこない」

クロードがたわわな乳房を掬い、薄桃色の突起を指先できゅっと摘まみ上げた。

ひくんと身体が仰け反り、胸の先からつま先まで、甘い痺れに包まれる。

アンジェリカは思わず鼻にかかった気だるげな喘ぎをあげてしまう。背をしならせたまま、悦びに身を震わせた。

「あんッ……んんっ……」

「ほら、我が妃はこんなにも極上の音色を奏でている。他の音色など聴く気にならぬ」

いつもの凛とした声とは違う。クロードの淫靡な声に肌が震え上がった。胸の先をくりくりと両手で転がしながら、首筋をねっとり舐められ、アンジェリカは堪らずハープの弦にぎゅっとしがみ付く。

──クロードが、こんなにも豹変するなんて……。

神殿で神託を受けた時から、もう十日ほどになる。

その夜から、秘伝の書に従って二人は濃蜜に交わり始めたのだが。

自分はてっきりクロードを淡白で、そのため閨でも子作りに最小限の行為──子種を注ぐことのみ行ってきたのだと思っていた。

だが、ひとたびそのヴェールを捲れば事実は全く異なった。

クロードはいわゆる絶倫だった。

一晩に何度も子種を注ぎ、明け方までアンジェリカを快楽に溺れさせ、昇りつめさせる。

おかげでアンジェリカは午前中は足腰が立たないほどなのだが、逆にクロードは臣下に見違えるほど血色がよくなったと噂されている。

もちろん女官たちもクロードの豹変に気が付かないはずはない。

毎朝、クロードの寝室で裸でぐったりしたアンジェリカの世話をしているのだから。

「アンジェ、感じてる？」

「ひぁ……あん……あ、やっ……」

乳房をひとしきり弄っていた手が、いつの間にかドレスの紐をするする解いた。ペティコートと共に床に落ちてしまう。アンジェリカは乳房を剝き出しにしたまま、コルセットとドロワーズ姿にされてしまった。

「こ、こんなのだめです……！　誰かに見られちゃう……」

「ふ、頰を染めて困ったアンジェも可愛いな」

クロードは全く意に介さず、逆にアンジェリカの動揺を面白がっている。

うなじや肩に口づけをされ、胸の頂をきゅんと捏ねられ快感を灯されては、それ以上、抗議の声を上げることもできない。

コリコリになった突起を指で執拗に転がされて、頭の中が浮遊感で一杯になってしまう。

「あっ……は……、そこ、ばっかり……、やぁ……ん」

「おや？　違うところも可愛がって欲しいんだね。ここかな？」

クロードがアンジェリカのドロワーズの合わせにぬくりと手を差し入れると、指の腹でしっとり露を含んだ秘部を搔き分けた。

卑猥な指の感触に、ぞわぞわする。

アンジェリカの意に反して甘い旋律とともに、蜜汁が溢れ出してきた。

「……まるで洪水だな。待ち遠しかった？　ん？」

襞の中に指が這入り込んでくる。男らしい指の感触を濡れ襞の中にじかに感じとる。

クロードがくちゅくちゅと淫らな音を立てて花びらを搔き混ぜ始めた。しまいには小さく熟れた花芽を掘り起こして、ぬるぬると円を描きながら扱きだす。

「んっ……、あッ、そこ、あぁぁ……んッ」

「いけない子だ。こんなにコリコリにさせて……。アンジェはいやらしいな」

くりゅくりゅと敏感な秘玉を甘やかすように捏ねられる。

とろとろにぬめった秘玉はクロードの指に弄ばれてますます硬く尖った。

正常に思考が働かない。

しかも背中のあらゆるところをきつく吸われ、与えられる快感に身を震わせた。

──それだけじゃない。

部屋に響き渡るほどの淫猥な水音を立てながら、敏感になりすぎた花芽を執拗に責められるものだから、たまったものではない。

「や……ぁッ……あぁ……」

つま先まで甘く痺れて、アンジェリカはいやいやと首を左右に振りながら身悶えた。

息が荒くなり、頭の中が愉悦で真っ白に染め上げられていく。蜜の潤む柔らかな花襞の中で、クロードの指がまるでハープを奏でるように、淫らな水音をつま弾いている。

「またぷっくりと大きく膨れてきた。もっと可愛がって育ててやろう」

「ひぁ……んッ……」

アンジェリカは涙ぐみ、身体の中で大きくうねる快感に身も世もなく打ち震えることしかできない。

しだいに指の動きが激しさを増し、腰が浮いて昇りつめるような感覚に襲われた。

「あっ……、やぁ……いっちゃ……ッ」

「イってごらん」

「――ッ……んんっ……あぁッ――……」

身体の底から卑猥な快楽の大波が押し寄せ、全身の力がくたりと抜ける。何も考えることができないほどに。

「くたくたのアンジェも可愛すぎるな。だがもう少しそのハープに摑まっていてくれ」

「ひぁ――、な、なにを……ッ」

唐突にクロードがアンジェリカの尻をグイと引いて跪き、ドロワーズを押し下げた。はしたなく蜜を垂れ流したお尻を突き出したまま、クロードの眼前に晒されてしまう。

「いやぁぁ……」

「可愛い尻だ。透明な蜜がたくさん滴っている。イったあとのアンジェの蜜を味わいたい」

クロードはもの欲しそうに喉を鳴らし、アンジェリカの尻肉を左右に割り開いた。

お尻を引こうにも、クロードに摑まれている力が強くて身動きが取れない。いやいやと尻を動かすも、逆に誘いをかけているようにしか見えなくなってしまう。

「ほらほら、十一章に書いてあっただろう？　男は跪いて女性の蜜を啜るべし、とね。動いたら秘伝の書のとおりにできないよ」

「………ぅぅ」

最近は、クロードが絶倫すぎてうっかり忘れてしまいがちになるが、真面目な彼は秘伝の書のとおり、またはそれ以上に責務を遂行しようとしているだけなのだ。

アンジェリカは、なんとかハープに摑まって羞恥に耐えようとした。だが、クロードの息があられもない部分に吹きかかり、それだけでピクンとお尻を跳ねさせた。

蜜口や襞の間にクロードの舌が伸びてくる。まるで子供がデザートの皿に残ったとっておきの汁を吸い取るように、美味しそうに音を立てて蜜を啜られる。

舌は大胆に動いて、甘い汁を味わい尽くすように縦横無尽に舐め回される。

「あっ……ッ、やぁ……、だめ、クロード、さま……ッ」

「イった後のアンジェの蜜は、濃厚で甘さが強くて癖になる」

クロードは意外に舌が長い。秘玉の方までぬるんと伸ばされて、たっぷりと愛撫される。

アンジェリカはハープにしがみ付いて立っているのがやっとだった。

蜜を啜られるたびに、ピンと爪先立ちになったまま、尻だけが上へ上へと持ち上がる。

自分とは思えない淫らすぎる甘い声を上げてしまっていた。

きっと部屋の外にまで聞こえてしまっているだろう。

——我慢しなきゃ。

そう思うのに、小さな突起が舌で撫で回される感触に、身体が熱くなり甘い声を止められない。快楽が理性を押し潰し、何度も絶頂を迎えて悶絶（もんぜつ）してしまう。

「う……ふぅ、あ、また、いっちゃ――……ッ」

思わずハープの弦を爪で引っ搔（か）いてしまい、喘ぎ声とともに甘美な音色が奏でられた。

クロードが喉から笑みを漏らし、ようやく立ち上がってアンジェリカを後ろから抱きしめた。

ほうっと息を吐いたのも束の間（つかのま）、とてつもなく大きな昂ぶりが柔らかく蕩けた蜜壺にぐぷぐぷと侵入する。

「ひぁ……んぅっ……」

「ああ、温かくてきゅうきゅうに締め付けられる。アンジェリカは極上だ……」

これ以上の快楽は、アンジェリカにとっては過ぎるものだ。とっくに我慢の限界を超えている。なのに蜜口は健気（けなげ）にクロードの形へと自然に開いていく。

「ふぁっ……あぅうっ……」

「分かる？　ほら、いちばん太い部分を呑み込んだよ。君も僕を味わえるように、ゆっくりと抜き差ししてあげよう」

「ひぃ……んっ」

なんてことを言うのだろう。

だが媚肉が太竿で広げられる感覚に、蜜奥がじわりと涎を垂らすように潤んできた。

クロードの雄幹がじっくりと隘路を押し進む。

ゆっくりと焦らすように蜜路をくつろげながら、深みをましていく。その生々しい感触に、アンジェリカはお尻を突き出したままわなわなと震えあがった。

許容を超えた快楽に、これが現実とは思えない。

「ひぁ……、うぅ……ッ」

「アンジェリカの可愛い所が僕を呑み込んでいるよ、ほら、悦い声で啼いてごらん」

クロードの動きが次第に大きくなる。媚肉が引き攣れる感覚にアンジェリカは甘く切なげな喘ぎ声をあげた。まるで彼は、アンジェリカという弦をつま弾いているかのようだ。

後ろからだと、一番感じる最奥を熱く膨れた亀頭でぐりりと抉られるものだから、その度に過ぎる快楽が襲って意識が遠のきそうになる。

けれども腰をしっかり抱かれているので、逃れることも許されない。

クロードは、ずちゅ、ぬちゅ……と抜いては突いてを繰り返し、たっぷり時間をかけた律動を愉しんでいる。

「蜜を垂らしながら美味しそうに咥えこんでいる。アンジェはナカも音色も極上だ」

恍惚に声を昂らせて、クロードが太く硬い楔で突き上げた。

いくら秘伝の書のとおりでも、さすがに行き過ぎているのではないか……。

それでも何事も最善を尽くすことを善しとするクロードの性格なのか、手抜きがない。たっぷりとした質量のある長い肉幹を入口まで引き抜き、ずんと最奥まで突き入れる。

「――そんなに締めつけるな。天に昇ってしまいそうだ」

「ああっ……、だめ……、も、だめぇっ……クロードさま……ッ」

「こっちも一緒に可愛がってあげよう」

クロードがアンジェリカの片足を持ち上げ、もう片方の腕を下腹部に伸ばしてきた。

「えっ……⁉　や、そこは……ひぁぁぁ――……ッ」

アンジェリカの敏感極まりなくなった花芽をきゅっと摘まみ上げた。

ただでさえ我慢が効かないのに、アンジェリカの目の前に一斉に星が飛んで視界が銀の海に呑み込まれる。

「は、アンジェ、一緒に行こう――」

呻き声とともに一突きされた瞬間、下腹部に熱いうねりが迸る。

アンジェリカは繋がったまま恍惚の極みに達し、ゆっくりとその意識を手放した。

――どれくらいの時が経ったのか。

気が付くと、いつの間にかドレスを元通りに整えられ、クロードの膝枕でソファーに横たわっていた。

「あ……、わたし……。クロード……様……？」

「ああ、良かったアンジェ。そなたの愛らしさに箍が外れてしまった。今、女官に冷たく絞った布と飲み物を持ってこさせているから。ゆっくり休んで」

とはいえ、公務中である。

たしかこのあと、大使らとお茶会があるはずだ。

だが頬にあたるクロードの逞しい太腿と、髪を優しく撫でられる感触が心地よくてずっとこのままこうしていたい。

快楽にふやけ切ったアンジェリカは、すぐにまたすやすやと寝息をたててしまっていた。

ほどなくして入ってきた女官らは、ソファーで仲睦まじく寛ぐ二人を見て目を瞠る。

愛おし気にアンジェリカの髪を撫でるクロードは、生気が蘇ったように溌剌として、満足そうな男の色香を湛えている。

そんなクロードの姿に、女官らは何があったのかをすぐに察知した。

いそいそとお茶の用意をしながらも、くったりしたアンジェリカを見て、不憫そうな眼差しを向けていた。

だが当の本人は気づくはずもなく、深く心地いい眠りの中にどっぷりと浸っていた。

＊＊＊

「――聞いたわよ！　アンジェ‼」

翌日、王妃の部屋にシャルロッテが飛び込んできた。

おぼろ気ながら、昨日は昼間だというのに甘く蕩かされてしまい、目覚めるとひとりクロードの寝室のベッドの上に横たわっていた。

だが、公務を終えて戻ってきたクロードに、当然のごとくまたもや夜の営みをする気配を感じ、なんとか懇願して、ようやく久しぶりにぐっすり休ませてもらったのだ。

だが、連日の慣れない交わりで、あちこちが筋肉痛なのは事実だ。

不憫に思った女官たちが、今朝は身体に香油を塗り丹念にマッサージを施してくれた。ようやく生き返って着替えを済ませたところで、シャルロッテが元気よく朝食を運んできてくれたのだ。

「ふふ、朝食室からアンジェリカの好きそうなものを見繕ってきたの。さ、食べながら詳しく話を聞かせて。なんでも昨日はクロード陛下がジェレサールの大使一向に見せつけたとか。アレンから事の顚末（てんまつ）を聞いてスカッとしたわね」

「――スカッと……？　どういうこと？」

お茶を淹れながら、してやったりと微笑むシャルロッテを見て、アンジェリカは不思議に思った。

昨日、ジェレサール大使のもてなしという重要な公務中だったにもかかわらず、クロードから淫らなことをされてしまったのだ。きっと隣室にいた大使らにも、何をしていたか感づかれて呆れられていたはずだ。

王族としてあまりに恥ずかしい。

アンジェリカは大使らになんとお詫びしたらいいかと気を揉んでいたのだ。

そのことでは、今もクロードに立腹している。

やっぱりクロードと一緒に大使にお詫びに行かなければ……。あられもない声を聞かせてしまったなんて、とうてい謝って済むことじゃないかもしれない。

「あら？　アンジェリカは知らなかった？　ジェレサール王は自分の第三王女をクロード陛下の側室にと、この一年、ずっと働きかけていたのよ。それをクロード陛下は頑なにはねつけていたの」

「――っ、うそっ！　そんなことが……？」

「ええ、今回ジェレサール大使が来たのも、もちろん友好条約の目的もあるのだけれど、第三王女との縁談を取り付けるようにと、密かに王命を受けていたと聞いたわ」

今度はアンジェリカが目を丸くした。

クロードはそんな素振りも見せたことはない。神託により、秘伝の書に則って二人が濃蜜に交わる以前も、ずっとアンジェリカを唯一の妻であり、王妃として扱ってくれていた。

「ふふ、アレンから聞いたところによると、昨日はアンジェリカが同席しているというのに、ジェレサール大使が失礼極まりなく、陛下に第三王女を勧めてきたそうね。それで陛下は立腹して、これ見よがしにアンジェリカと淫らなことに耽ったとか。お陰で隣室にいた大使は、これは無理だと諦めたそうよ。陛下のアンジェリカへの執愛が過ぎて他の女性などに目に入らないと、ジェレサール王に使者を送ったんですって」

「側室の話は、本当だったの……？」

「ほら、いまやルドルバッハはジェレサールを凌ぐほどの大国になったでしょう？　だからかの国は、なんとしても王族間の婚姻を結びたかったのね。それにジェレサール以外にも、クロード陛下には他国から側室の申し出が引きも切らずに来ていると聞いてるわ。第二王子のアレンにだってあるくらいですもの」

初めて聞く話ばかりだった。どうやらクロードが、アンジェリカの耳に入らないよう、箝口令を敷いていたらしい。

「陛下には、私から聞いたって言わないでね。アレンに怒られちゃう」

「もちろんよ。教えてくれてありがとう。クロードが私のためにずっと断ってくれていたなんてちっとも知らなかった。なのに私ったらクロードに……」

ちくりと心が痛む。

友好条約を結ぶ国からの側室の申し出など、そう簡単に断れないことはアンジェリカにだって良くわかる。

それなのに、アンジェリカ一人を妻と決め、信念を曲げずにいてくれていたのだ。

大神官に側室の話を持ち掛けられたときも、きっぱりとはねつけてくれたではないか。

これまでの貞潔なクロードも、今の淫らなクロードも、一途にアンジェリカを思ってくれていることに変わりはない。彼は身も心も、真の聖人君子なのだ。

「ふふ、安心した？　あ、そうそう、そういえばずっとジェレサールに陛下の名代として派遣されていたリアン様がやっと帰国されるのですって。レオナルディ公爵家の。リアン様を出迎える準備に、クロード陛下もアレンも忙しいらしいわ。帰国を祝って王宮でも盛大に舞踏会を開く予定らしいの」

「――リアン様？」

聞きなれない名前にアンジェリカは首を傾げた。

この国に嫁いで一年。ほぼ主要な貴族の名前は覚えたのだと思ったけれど、帰国を祝って王宮が舞踏会を開催するなんて、国賓級の扱いだ。よほどの功績がないと、そこまではしない。

「ええ。アンジェリカの輿入れ前にジェレサールに派遣されていたから、知らないのも無理はないわよね。この国の筆頭公爵家の長子で、クロード陛下と同い年。アレンとも幼馴染なの。三人は小さな頃からすごく仲が良くて、いつも一緒に遊んで育ったらしいわ」

「そうなの？　クロードに幼馴染がいたなんて知らなかった。ではその方が公爵家を継ぐのね？」

そうであれば、きっとクロードの片腕になるはずだ。だから王宮主催で舞踏会まで開くのかしら？

アンジェリカも会うのが楽しみになる。

「うーん、どうなるのかしらね……」

シャルロッテはテーブルの上に並べられた葡萄をひょいと摘まみながら首を傾げた。少しだけ意味深にアンジェリカを見つめる。

「実はね、アンジェ。リアン様は女性なの。小さな頃から傾国の美女と言われるほど、その美しさはお墨付きらしいわ。ずっとレオナルディ公爵家には跡取りとなる男児が生まれなかったから、リアン様が王家から特別な許可を得て公爵家を継ぐはずだったそうよ。でも、公爵の後妻に男の子が生まれたの。その方は今は十六歳になるかしら」

「えっ、女性の方なの……？」

「ええ、アレンによるとすごく頭が切れる才女だそうよ。クロード陛下もとても信頼を寄せているらしいの」

　ふと不安が頭をもたげたが、アンジェリカは気にしないことにした。クロードは賢王だ。性別で臣下を差別することはしない。よほど信頼しているのだろう。

「公爵家に男の子が生まれたということは、その方がいずれ跡継ぎに？」

「でも、リアン様は女性とはいえ王家の流れをくむ高貴な正妻のお血筋だし、どちらが公爵家を継ぐのか貴族たちは興味津々よ。でも、いよいよクロード陛下が呼び戻したとなると、リアン様が有力候補なのかしら……」

「あの、シャルロッテ、聞いていい？　どうしてリアン様はジェレサールに派遣されていたの？」

　普通なら大臣クラスを派遣するのではないかしら？

　アンジェリカはどうしてクロードが女性を派遣したのか疑問に思う。

「実は……クロード陛下が即位してジェレサールと開戦の危機に陥った時、大臣たちよりも陛下を側で支えたのはリアン様と言われているの。当初から何度も陛下と一緒に危険を冒してジェレサールに赴き、しかも現地に留まって水面下でかの国と交渉を続けた影の立役者らしいわ。アレンによると、頭の回転も切れて交渉術とか政治的センスが抜群に優れているのだとか」

「リアン様が……」

クロードが即位直後、ジェレサールと危機的状況に陥ったとき、アンジェリカはわずか十一歳だ。外国での出来事など、何も知らずに無邪気に育っていた。

そんな大変な時にクロードを支えた女性がいる……。

そう思うと複雑な心境になった。

もしもその時、アンジェリカがこの国にいてクロードと同じ年齢だったなら、自分だってクロードを側で支えることができたはずだ、という対抗心のような思いが心に芽生える。

自分は結婚してからのクロードしか知らない。

苦しい時を分かち合った女性がいることに、嫉妬のような気持ちが沸き上がってしまう。

本来は王妃として、クロードの妻として、リアンに感謝しないといけないはずなのに。

「――クロードはなんでその方と結婚しなかったのかしら……」

ふいに心に浮かんだ疑問が口をついて出てしまう。

シャルロッテが大丈夫よと、屈託のない笑みを返した。

「当時、和平条約が無事に結ばれて、実は多くの貴族たちがリアン様とクロード陛下は近いうちに結婚するんじゃないかと思っていたらしいわ。でも、心配することはないわ。愛と友情は違うのよ。クロード陛下にとって、リアン様は幼馴染で友人以外の何者でもないの。彼はアンジェリカのことを深く愛しているのだし、ね？」

「………」

「あ、そうそう、王都のクロルデンストリートに美味しいお菓子の店が出来たのですって。今度お忍びで行ってみない？」

シャルロッテが気持ちが沈んだアンジェリカを見て、元気づけるように話題を変えた。

それでも、アンジェリカの心の靄は晴れないでいた。

＊＊＊

ジェレサールに派遣されていたリアン・レオナルディが、いよいよ今日、帰国することになった。

王族一同がそろって彼女を出迎える為、王宮の馬車寄せでクロードとともにリアンが到着するのを待っている。

王自ら馬車寄せに立つなんて異例のことで、アンジェリカは驚いた。

クロードからは、和平交渉に尽力した臣下の中で最大の功績があり、最も信頼している友人、という賛美まで聞かされてしまい、アンジェリカは内心が騒めいていた。

リアンの帰国のために、王専属の騎士の一団をかの国まで迎えに派遣するほどだ。

クロードにとって、それほど大切な人であるのだろう。

正門が開かれ、騎馬の騎士の一団に継いで、ルドルバッハの旗をかざした馬車が軽快な車輪の音を鳴らして城内へと入ってきた。

初めて会うリアンはどんな人なのだろう……。

アンジェリカは、馬車が目の前に横付けされるのを複雑な思いで見つめていた。

するとクロードが、まだ馬車の車止めも置かれないうちから前に進み、従僕が扉を開ける時間さえも待ちきれないのか、ステップに脚をかける。

自ら扉を開けて、中にいた女性に手を差し出してエスコートした。

「リアン……！　よく帰ってくれた……！」

「まぁ、クロードったら。お行儀よく待てないの？」

クロードに手を引かれて馬車から現れた女性に、アンジェリカは息を呑んだ。

漆黒の艶(あで)やかな髪を後ろで高く結い上げ、流れるまま下ろしている風情は、まるで滝のように豊かだ。彼女の完璧な卵型の顔のラインをいっそう際立たせている。

深いエメラルドグリーンの瞳は、クロードに注がれ嬉しそうに輝いている。

薄い陶器のようにシミ一つない真っ白な肌。印象的な大きな瞳。

その瞳を縁どる睫毛でさえ、美しい緑の湖を守る森のように、しっとりと長く優美すぎるほどの佇まいだ。

アンジェリカは喉に苦いものが込み上げた。

緩やかに弧を描く口元まで、まるで瑞々しい李のように濡れ光っている。

クロードに手を引かれて下りてきたリアンは、すらりと背が高く、その美しさに出迎えた臣下一同が、息を呑むほどだった。

——これほどとは。

美人どころではない。まさに類を見ないほどの絶世の美女だ。

クロードが再会の嬉しさのあまり、リアンを引き寄せてぎゅっと抱きしめた。

王の出迎えを受けるなんて、普通なら畏まるはず。

それなのに、気の置けない友人のせいか、親しすぎる歓迎をリアンも当たり前のように享受している。

それまで笑顔を見せていたアンジェリカも、クロードの喜びぶりに、どろりとした嫉妬が生まれて胸がぎゅっと締めつけられた。

「もう、クロードったら。早くあなたの大事な人を紹介してちょうだい」

「ああ、すまない。ついうっかりしていた。アンジェリカ、こちらはリアン・レオナルディ。私の名代として、ジェレサールで友好交渉に当たってくれていたんだ」

——つい、うっかり。

クロードはアンジェリカの存在をも忘れてしまうほど、リアンとの再会が嬉しかったのだ。アンジェリカは、誰にも分からないように唇をきゅっと噛んだ。

美しさも、人柄も、クロードからの信頼もなにもかも、この人には叶わない。

「初めまして。お役目、ご苦労様です……」

冷たい口調になってしまい、自責の念に駆られてしまう。

この人は、クロードのためにずっと骨を折ってきたというのに。

「王妃様、お目にかかれて光栄です。クロード陛下から何度も手紙でとても可愛い方だと聞いておりましたの。お手紙よりもずっと麗しいですわ。ほんとになんて可愛らしい……」

目を意味深にすっと眇めて、アンジェリカにも親し気に挨拶を交わすリアンだが、その言葉に含みがあるような気がしてならない。

可愛いって、美しいと表現できない時に使われる言葉よね。

それぐらいはアンジェリカもよく分かっている。

確かに絶世の美女であるリアンに比べれば、自分は見劣りするだろう。

それに今の二人の会話で、頻繁にクロードと手紙をやり取りしていたことが窺えて、気持ちが沈んでしまう。

心がきしきしと痛む。

この二人には、確固たる友情と、信頼と……、そしてもしかしたら、愛情もあるのではないのかしら……。

「さ、リアン、王宮内にそなたの部屋を用意している。友好条約の事後処理もあるから当分は忙しいぞ。だが、今宵は歓迎の晩餐会だ。お前の好きなルドルバッハの郷土料理をたくさん用意している」

クロードが待ちきれないとばかりにリアンを促し、アンジェリカの前から連れ去って行く。

「まぁ、いやだわ。そんなに食べたら太ってしまいそうよ」

「さらに痩せたのではないか？　もう少し肉を付けたほうがいい」

お互いに親し気に笑い合いながら、目の前を歩いて行く二人に、アンジェリカはぽつんと取り残されてしまう。

まるで、心も取り残されてしまったよう。

「――これで分かっただろう？」

「えっ？」

背後から聞こえた声に、びっくりして後ろを振り返る。

すると、年若い少年がアンジェリカをひたと睨みつけていた。

――誰？

見たことのない顔だが、深い緑色の瞳はリアン・レオナルディによく似ている。

「姉さんと陛下は、誰にも邪魔できない固い絆で結ばれている。それを忘れるな」

警告するようにそう言い残すと、その少年は、踵を返して走り去っていく。

——姉さん？

まさか彼はリアン・レオナルディの弟——？

だとしたら、なんであんなに私に敵意を剝き出しにしているのだろう……？

たった今、初めて会ったのだ。彼に恨みを買うようなことをした覚えもない。

神託のおかげとはいえ、念願叶ってようやくクロードと生まれたままの姿で結ばれた。

きっとこれから夫婦として本当の愛を育めると思った矢先に、完璧な女性、リアンがクロードの傍に舞い戻ってきた。

リアンに比べると自分がなんの価値もないように思えてくる。

自分なりにクロードを支えたいと思うのだが、リアンに比べるとアンジェリカにはなんの功績も力も政治力もない。ましてや実家は小さな王国だ。

彼女と違うのは、頭の上のティアラだけ。

自分はただ、王族という冠を身につけているだけに過ぎないのだ。

「アンジェリカ、さ、晩餐会の支度があるから戻りましょう。あら？　どうしたの？　顔色が悪いわ」

同じくリアンを出迎えたシャルロッテが声を掛けてきた。
アンジェリカはなんでもないのと首を振って笑顔を向けた。
だが、王宮に向かう心は沈んでいる。
そこはかとなく湧き上がる不安を心の奥から消し去ることができなかった。

第五章　欲望は硬く

「いよいよ秘伝の書も四十章めだ。残すところあと八章だよ。一晩に、二度、三度と交わっているから予定よりだいぶ早く進んでいる。大神官もほっとしているよ」

今アンジェリカがいるのは、もうすっかり肌に馴染んだ、クロードの寝台の上。

薄いネグリジェ姿のまま、厚みのある胸に頬を預けて、クロードの腕の中に包まれている。

このところ素肌での触れ合いは毎晩のことだというのに、夜が来るたび、まるで初夜を迎える乙女のように、どきどきと胸が高鳴り緊張してしまう。

今宵のクロードは、下穿きは身につけているものの、上半身は薄手のローブを肩に羽織っているだけのしどけない姿だった。

彼の腕の中に包まれているせいか、クロード独特の男らしい香りが漂い、酩酊（めいてい）しそうになってしまう。

心から愛する男性のしなやかで均整の取れた体軀に包まれているだけで、全身が甘だるく蕩けそうになる。

こんなにも幸せなのに、アンジェリカはどこか心にしこりのようなものを感じていた。

それはあの女性の存在だった。

リアン・レオナルディ——。クロードの幼馴染であり、最も信頼する女性（ひと）……。

ちょうど彼女がこの国に帰国してから、十日ほどが経ったのだが、今のところアンジェリカが気に病むほどには、クロードの態度には変わりはない。

リアンはその外交力を買われて、早々にクロードの政務を補佐することになった。そのため、特別にアンジェリカ達が住む、王宮の一角に住まうことになったのだ。

同じ王宮にクロードが最も信頼を寄せる女性がいると思うと、アンジェリカとしては、やはり平静ではいられない。

どうしても彼女と自分を比べて意識してしまう。

アンジェリカを最も悩ませているのは、リアンがクロードを愛しているのではないか、ということだった。

そんな不安に苛（さいな）まれていたのだが、リアンは執務以外ではクロードと行動を共にする素振りはない。

彼女は朝早くから精力的に執務室に行って仕事をしているという。夜はクロードに抱かれるせいで、朝起きるのが遅いアンジェリカとは、そもそも活動時間が違っていた。そのおかげでアンジェリカは滅多に彼女と会うことも言葉を交わすこともなく、今のところ平穏に過ぎている。

クロードもいつもと変わらず、秘伝の書のとおりにアンジェリカを夜毎甘く蕩かせる。

――私の杞憂に過ぎなかったのかしら……？

ジェレサールとの新たな交易も始まり、クロードは今までよりもさらに夜遅くまでリアンらとともに政務に勤しんでいる。

けれど、どんなに遅くなっても、こうしてアンジェリカと一緒に夜を過ごすことが二人の日課になっていた。

もしかしてクロードも、私と夜を過ごすことを楽しみにしてくれている？

ううん、きっと違う。これは彼にとって国を救うための義務だからだ。

それでも神託を受ける前までは、一緒の寝台で夜を明かすことも、素肌を重ねて愛し合うことすらなかった。

その時の自分からすると、考えられないほど、うんと幸せだ。

――きっとシャルロッテの言うとおり、愛と友情は別なんだわ。

とはいえ、アンジェリカも心から愛されている、という実感はない。

クロードの腕の中で、どんなに淫らに愛撫されていても、それはひとえに二人に世継ぎが出来ないと国が滅びる、という神託のせいで睦みあっているからだ。

でも、今はそれでもいい。

赤ちゃんを無事に授かれば、クロードもきっと愛情を注いでくれるはず。

そんな日が早く来ればいいのに……。

一縷の望みに期待を込めながらも、アンジェリカは物憂げに溜息を吐く。

すると大きくて温かなクロードの手が伸び、アンジェリカはその温もりに頰を包まれた。

額にちゅっと軽い口づけを受けて、最愛の人を見上げる。

好きすぎて涙が零れてしまいそうになる。

透きとおったアイスブルーの瞳がこの上なく魅力的だ。

こんなに大好きな人は他にはいない。

クロードにも自分のことを好きになってほしい。

他の女性など見えなくなってしまうほど。

「心ここにあらず、だね。どうしたのアンジェ？」

「――い、いいえ。なんでも……」

クロードの透明な青い瞳はごまかせない。

けれどリアンに嫉妬しているだなんて言えるわけがない。彼女はクロードの大切な幼馴染であり、今は信頼のおける臣下なのだから。

「……ならいい。今夜はいよいよ四十章めだ。秘伝の書を開くよ？」

「あ、は、はい……」

夜は二人で秘伝の書を開いて交わりの方法を確認するのが決まりごとになっていた。

大切な秘伝の書を開くための鍵は二つある。クロードとアンジェリカがそれぞれひとつずつ鍵を持っている。アンジェリカもクロードも、それをペンダントにして失くさないよう肌身離さず身に着けていた。

二人で交互に鍵をカチリと開けると、四十章めは、なんとアンジェリカが目にしたことのない男女の姿が描かれていた。

男性の開いた脚の間で、座り込んでいる女性。

彼女は手に男性の大事な部分を握りしめ、顔を股間に近づけそれを口の中に咥えている。

「――――っ」

アンジェリカはあまりの衝撃に息が止まりそうになる。

これを今からクロードにするの？

「――これは……ッ」

クロードも声を震わせそうになるが、何かを我慢するように口籠る。

やっぱりクロードも嫌悪するほど、淫らなことなのだわ。

でも、アンジェリカはいつも一番敏感な秘所をクロードの舌や指で愛撫されている。

すると心も身体も蕩けそうに気持ちが良くて天国に昇ってしまいそうになる。

クロードだってきっとその部分は気持ちがいいはずだ。

彼にも試してみる価値はある。

でも、でも——。

「……アンジェ、やってくれる？　でも、もし難しいようならこれは最後にして次に進もうか」

クロードがアンジェリカの頬を優しく撫でさすりながら呟いた。だがアンジェリカはきっぱりと首を横に振った。

リアンはクロードが一番大変な時に、ルドルバッハを……いいえ、クロードを守るために命を賭して支えたのだ。

自分もクロードのためにどんなことでもやってみせよう。

私の役目は一年以内に世継ぎを儲けること。躊躇(ちゅうちょ)している余裕などないのだわ。

「あの、できます……。その、初めてなので教えてくださいますか？」

「……もちろんだとも」

ごくりと喉を鳴らし、クロードが掠れた声で逞しい太腿を開く。

アンジェリカは少しお尻を後ろにずらしてクロードの脚の間にそっと座り込んだ。柔らかな綿の下穿きの中心は、こんもりと盛り上がり、既に彼のモノが昂っているようだ。

「ふ……、アンジェリカにそれを愛撫してもらえると思ったらすぐに反応してしまった。

下穿きはその紐を解けばすぐにはずせる」

アンジェリカはこくりと頷いて、臍の下の方で結ばれている紐に手を伸ばす。こんなにじっくりとクロードの身体を見るのは初めてだ。

さすが毎日騎士団とともに剣の稽古をつけているせいか、無駄な肉はひとつもない。下腹部は綺麗にいくつにも割れている。

肌は張りがあって硬そうではあるが、なめした皮のようにしなやかだ。

紐に手をかける時に、指が震えて臍の下側にある艶めいた濃い茂みに触れてしまう。その途端、肌がざわりと粟立った。

クロードも下腹部をぴくりとさせる。

「ご、ごめんなさい」

「アンジェ、いきなり生のそれに触れるのは抵抗があるだろう？　馴らすために、まずは下穿きの上から触れてごらん」

ここだよと、クロードはアンジェリカの手を、自分の股間にそっとあてがった。

思わず指先からぴくんと戦慄きが駆け抜ける。

太い芯に触れ、アンジェリカの身体の内からよく分からない熱が込み上げてきた。

クロードの手に導かれて、逞しく漲るものの形を確かめるように、ゆっくりと上下になぞり上げていく。

――すごい。太い……。

その逞しさに、ごくりと喉が鳴る。

布越しだというのに、クロードの熱と脈がじんじんと手のひらに伝わってきた。

「……いいよ、その調子。アンジェの可愛い小さな手が私のものを握っていると思うと堪らなく興奮する」

クロードの肉棒がくっきりした形を成し、下穿きを押し上げるように、より太く真っすぐに伸びあがる。

薄い布越しなのに、しっかりした芯がはっきりと感じられて、内心どぎまぎした。

しかも長い芯の先は、下着越しでも分かるほど、何とも言えない奇妙な形をしている。

「――っく、アンジェ。……そろそろ脱ぐよ」

低い掠れ声が頭上から落ちる。

アンジェリカが頷くと、クロードが下穿きを寛げて己を解放した。

すぐ目の前に、ぶるんと勢いよく卑猥な屹立が飛び出した。

初めて目の当たりにするクロード自身に目が釘付けになる。

「ひゃっ」

クロードの肌はカモシカのように滑らかなのに、そこだけ赤黒くてなんだがグロテスクだ。清廉潔白なクロードの外見からは想像もできないほど卑猥極まりない造形をしている。

——まるでここだけ淫らな生き物みたい。これがいつも私の中に入っていたの……？

この肉棒で奥までぐしょぐしょに掻き回されていたのかと思うと、体の芯がじんわりと切なく疼く。

俄かには信じられないが、実際に目にすると、想像していたよりも遥かに大きい。

アンジェリカの口の中に、いつの間にか唾液が込み上げてきた。

男の人のモノは、皆こんなに猛々しくそそり勃つものなの？

「……そんなにじっくり見つめられると、困ってしまうな。アンジェ、さっき触れたように上下に扱いてみて」

「あっ……、は、はい。すみません」

クロード自身の逞しさに圧倒されてしまったが、まだこれからだ。

アンジェリカはそっと手を伸ばして、高く聳える雄芯にそっと触れてみた。

頑丈であまりの力強さにびっくりする。

自分の身体のどこにも、こんなに硬さのある部分はない。

女性の身体の造りとは全く違うけれど、ひどく煽情的で……惹きつけられる。

見かけは聖者のクロードとは違って、そこは悪魔的だ……。

そんなことを思いながら、アンジェリカは太い肉棒を上下にゆっくりと撫で始めた。肉幹はアンジェリカの手に余るほどだが、根元から括れのすぐ下の方に向かって手のひらで包むようにしてぬちぬちと扱き上げていく。

肉胴は血管が隆起して、思いのほか皮は薄く芯が太くて逞しい。実がずっしりと詰まっている感じがする。

手のひらを押し返すほどの張りに、なぜだかアンジェリカの身体の奥も熱くなる。

なんども扱き上げるうちに、クロードから切羽詰まったような溜息が零れた。

「アンジェ、先の……亀頭を舐めてみて。その可愛い口で含んでごらん……」

クロードが首を仰け反らせてそっと目を瞑る。

無防備に喉ぼとけを晒して掠れ声で誘惑する。男の色香が駄々洩れだ。

アンジェリカは、請われるまま、できることならなんでもしてあげたくなった。

いつも自分にしてくれるようにクロードを蕩けさせたい。

張りつめた先端の切れ込みから透明な先走りが溢れている。雫がときおり零れてきては、アンジェリカの手指をぬらぬらと濡らしていた。

青臭い雄の匂いに導かれるように、アンジェリカは顔を近づけた。卑猥極まりない亀頭の先に、おそるおそる舌を伸ばして這わせてみる。

クロードの逞しい太腿に両手を添えて、まるで調教を受ける子犬のように、夢中で舌だけを伸ばして雄の切っ先を舐め啜った。

ときおり肉竿を根元から舐めあげて、彼自身の逞しさをじかに感じ取る。

「は……、いい子だ、アンジェ。上手いよ」

今度はクロードが自身の幹の根元を握って、アンジェリカの舌のひらに亀頭のエラを擦りつけ始めた。まるでご褒美を貰っているような気分になり、なんだかぞくぞくして腰骨が甘く痺れ始める。

「可愛い……。今度は口の中に含んで、その花びらのような舌で舐め回してごらん」

クロードがそっとアンジェリカの後頭部を抑えて、先端を口の中に含ませた。熱い亀頭が咥内に滑り込んでくる。口の中に咥えきれないほどの質量だ。

それでもアンジェリカは溢れる唾液を絡めて、上下に顔を動かしクロードの陰茎をゆっくりとしゃぶり始める。

逞しくて淫らな雄芯を口で愛撫していると思うと、クロードと同じくらい陶酔してしまう。

口蓋に触れるエラの感触も、なんだかぞわぞわして気持ちがいい。

「んっ……、んふっ……ッ」

「ああ……、アンジェリカ」

流れ落ちる蜂蜜色の髪をクロードが何度も優しくかき上げた。

ぬぽぬぽと雄を吸い上げる音が淫らに寝室を彩っている。アンジェリカのリズムに合わせて、クロードが肉竿を己の手で扱き始めた。

みるみる昂ぶりが増しクロードの息遣いが荒くなる。

く……っと呻きを上げた瞬間、咥内にびゅくびゅくっと熱い精が迸った。熱くて独特の苦さのある白濁が口の中一杯に広がり、つんと鼻に突き抜けていく。

それはどこか鬱蒼とした森林のような匂いがした。

「ああ……、アンジェ。そのまま口の中の精を呑んでみて。僕の味を覚えてごらん」

アンジェリカはこくりと頷き、クロードの残滓を喉奥に呑み込んだ。

予想どおりのほろ苦さが喉を伝い、少しだけ涙目になる。

「いい子だ、良くできたね。アンジェリカに僕の形も味も覚えてもらって嬉しいよ。絶対に忘れたらいけないよ」

クロードはどこか変質的な笑みを浮かべて、嬉しそうにアンジェリカに口づけをした。

口の端から残っていた精液がどろりと零れて、白い筋が喉元を伝い下りる。

その白濁をも舐めとり、アンジェリカの全てを貪るように深く唇を重ねていく。

唾液をたっぷりと啜り、欲情に駆られた雄の色香の漂うキスだ。

ねっとりと舌が絡みあい、いつしか二人は夢中になって互いの舌をしゃぶり始める。

「ああ、アンジェ、可愛い。僕のアンジェ……」

手際よくネグリジェを剝ぎ取られ、二人は生まれたままの姿で肌を重ね合う。寝台の上を転がり、本能が解き放たれたかのように、濃厚に淫らに口づけを交わし合う。

「アンジェ、アンジェリカ……」

滑らかでミルクのような肌の上をクロードの両手が熱く辿っていく。押し付けられた硬い胸板が、アンジェリカの柔肉を淫らに押し潰す感触に喉が甘く鳴る。

「クロード……んっ、んぁっ……」

「ああ、どうにかなりそうだ」

クロードはアンジェリカの乳房を吸いあげ、可愛らしい蕾に心地いい愛撫を加えながら、花びらを潤す蜜を男らしい指でくちゅくちゅと掻き混ぜる。

アンジェリカは脚を開いてクロードのさらなる指戯に身を震わせた。

――気持ち、いい……。もっとしてほしい……。

神秘の真珠を可愛がるように愛撫され、天国の果てへと何度も昇りつめていく。

途切れ途切れに甘い喘ぎをあげながら、幾たびも腰を波打つようにくねらせ、クロードがもたらす甘い旋律に身を戦慄かせた。

――ああ、クロードが好き。クロード以外、もう何も考えられない。

「あ……ん……ッ」

全身がじんじんと熱をもって疼き始める。

自然と脚が大きく開き、快楽の温もりの入口を伺うクロードの雄芯を受け入れた。逞しい肉竿がアンジェリカの奥に沈み、何度も何度も深く甘く、激しく突き上げる。

「アンジェ、僕の形を覚えて。もっと吸いついて……」

先ほど愛撫したクロードの雄槍が、今はアンジェリカを熱くトロトロに蕩けさせていく。全身がどくどくと脈打ち、クロードの雄にいっぱいにされながら身体の芯を揺すられた。弾けるような快感が次々に襲って、身体が粉々に砕けてしまいそうになる。

「ふっ……、あっ、あんっ……、きちゃう、クロード、さまっ……」

「そなたの中に蕩けそうだ……」

その言葉に、膣奥が反応する。媚肉がクロードの肉棒をまるでしゃぶるように蠕動した。クロードの呻きや低い掠れ声、荒い吐息にまで感じ入ってしまう。

とうとう蜜壺全体がひくひくと戦慄き、クロード自身を絞るようにきつく締めつけた。

「あ……はッ、アンジェリカ……ッ」

くぐもった掠れ声を耳にした途端、アンジェリカもひときわ甘い声をあげた。

お腹の中が灼けそうなほどの熱い精の迸りを感じながら、この幸せがいつまでも続くようにと、たったひとつの願いを込めた。

＊＊＊

——ない、ない。どこにもない。嘘でしょう……？

アンジェリカは途方に暮れた。

散歩の後、着替えようとしたときに、胸元がすうすうしていることに気が付いた。

いつも肌身離さず身につけている秘伝の書を開くための鍵のペンダントが見当たらない。

どうしよう。あの鍵がないと、秘伝の書に記載されているとおりにクロードと交わることができない。

毎晩のようにクロードと二人で、あの書を見ながら身体を重ねあっているというのに。

「お妃さま……？　いかがいたしました？」

着替えの支度をしていた女官たちが、顔色を変えたアンジェリカを心配そうに見つめている。

——誰にも言えない。この神託は国家機密でもある。

女官に話そうものなら、たちまち国中に災いが降りかかるかもしれないという、悪い噂が広がってしまうだろう。

女官たちは、ただクロードとアンジェリカがお揃いのペンダントをしているとしか思っていないからだ。

それに鍵の管理もできないなんて、きっとクロードの信頼を失くしてしまう。

「あの、ちょっと一人で考え事をしたいの。その辺をまた歩いてくるわね」

「――え？　あ、お妃さま、このあと陛下とのお約束が……っ」

驚く女官たちを後にして、アンジェリカはさっき散歩をした庭園に急ぎ足で向かう。

実はこのあと、ようやく仕事時間に空きが出たクロードと二人でお茶をする予定になっていたのだが、悠長にお茶を飲んでいる場合じゃない。

古い鍵だから、留め金が切れてしまったのかもしれない。

もしかすると、さっき王宮で飼われている子犬をじゃらして遊んだときに、何かの拍子で外れて落としてしまったのかもしれない。

アンジェリカは誰にも見つからないように、庭園を散歩したルートをまた辿り始めた。子犬と遊んだ叢も膝をついて隈なく捜すが、それらしき鍵は見つからない。

銀の鍵だから、落ちていれば気が付くはずなのに。

アンジェリカは何度も何度も散歩したルートを辿る。だが綺麗に整備された庭園には、ペンダントはおろか、塵一つ落ちていない。

誰かが持って行ってしまったのだろうか……。

――どうしよう、どうしよう。

クロードは自分を信頼して鍵を預けてくれていたというのに。

アンジェリカはベンチに座り込んで途方に暮れてしまう。すると偶然通りかかった何人かの若い騎士見習いが話しかけてきた。

「アンジェリカ王妃様、ここで偶然お会いできるとは光栄の極みです。なにかお困りごとですか？」

一瞬、この騎士見習いたちに一緒に捜してもらおうかと思うが、でも、そうすればきっとペンダントを失くしてしまったことをクロードに知られてしまう。

「あ……、いいえ、ここからの庭園の景色が美しくて見惚れてしまっていたの」

アンジェリカは何事もないように、騎士見習いたちに笑顔で取り繕った。

心は自分の不甲斐なさに泣いてしまいたい。外に出るなら、ちゃんと他の宝石と同じように金庫にしまって管理すべきだったのに。

「そうですか。僕たちにとっては、庭園よりも王妃様の美しさに見惚れてしまいます」

若い騎士見習いたちからの賛辞も、今のアンジェリカには届かない。

それより一人になって考えたいのに、彼らはあわよくば一人でいるアンジェリカを王宮へとエスコートする栄に浴しようとしているらしかった。

「あの、私はもう少しここで景色を眺めたいから皆さんはどうぞお戻りになって」

「いえ、そういう訳にはまいりません。もうすぐ夕暮れですし、ここで控えております。どうぞ僕たちのことは気になさらず心ゆくまで景色をご堪能下さい」

――そんなことを言われても。

アンジェリカは諦めて部屋に戻ることにした。

自分の部屋の方が人払いができるから、考え事にはうってつけだ。

立ち上がろうとしたとき、騎士見習いが我先にとアンジェリカに手を差し出した。さすがにそれにはアンジェリカも辟易する。

「お前ら、何をしている――」

突如、ドスのきいた低い声が響き渡った。

騎士見習たちも驚いて一斉に背後を振り返る。

すると見たこともないほど、凍るような視線を向けたクロードがこちらに向かって歩いてくる。そのすぐ後ろには、リアン・レオナルディと近衛騎士の精鋭が付き従っている。

なぜかクロードはサーベルを抜いていて、アンジェリカは驚きに目を瞠る。

「アンジェリカっ、大丈夫か？」

突然の国王の出現に、騎士見習いたちは一瞬で震えあがって跪く。

「ここは、王族以外入ることの許されない庭園だ。なぜお前らごときがここにいる⁉」

怒りを灯したクロードの声に、騎士見習いたちも恐れ慄く。この場で手打ちにされかねないほどの激昂ぶりだ。

「あ、あの……、ぼ、僕たちは王妃様が一人でいるのを目にして護衛をしようと……」

「戯けたことを言うなっ！」

その場がしーんと凍り付く。

「見習い風情が我が妃を守る？　そもそもここは王族が自由に一人で歩くことのできる庭園だ。それをお前らが不法侵入しているんだっ！」

「も、申し訳ありませんっ。田舎から出てきて初めて王妃様をお見かけしたので、もっとお近くで見ようと……」

「お前らごときが傍に寄るのは百年早い。しかも言い訳など見苦しい。騎士は厳格な規律を守らねばならない。安易な個人行動で騎士一個団が全滅することもある。入隊の日に習ったはずだ。それに騎士は許しがあるまで、決して王族に自ら声を掛けてはならないと」

怒りの収まらないクロードに、アンジェリカは慌てて騎士たちを庇うように進み出た。

「あの、陛下、お許しください。私も一人で時間を持て余していたの。この騎士見習さん達とのお喋り（しゃべ）りが楽しくて引き留めて話し込んでしまったのは私なの。どうか怒らないでちょうだい。私も謝ります……」

するとクロードは眉をぴくりとさせた。

「時間を……持て余していた？　たしか今日はそなたとの約束があったと思うが」

アンジェリカはハッとして口をつぐむ。

そういえば、今日はクロードと、午後のお茶の約束をしていた。

鍵を捜すことに集中していたせいで、とっくにクロードとの約束の時間が過ぎていた。

「あの、うっかりしていて……。忘れてしまったみたい。ごめんなさい……」

アンジェリカは声が尻すぼみになる。

クロードは随行の騎士たちに、追って罰を与えると伝えて見習い騎士を連れて行くように命じた。

ゆっくりと振り返り、アンジェリカの前に近づいていく。

「うっかり……？　アンジェリカが散歩に行ったまま、まだ戻らないと女官から聞いたときは血の気が引く思いだった。だが君はうっかり僕との約束を忘れて、若い騎士見習と話し込んでいたんだな。さぞや楽しかっただろう」

弁解のしようもない。

どうして自分はこんなにへまばかりやってしまうのだろう。

「まぁまぁ、クロード。こうして無事に見つかったのだからいいじゃない。ね？　アンジェリカ様、クロードは楽しみにしていた約束をすっぽかされて拗ねているのよ」

「――違う」

「まぁ、クロードったら全然自分のことを分かっていないのね。根に持つタイプは女性に嫌われるわよ」

「――く、何を言う。根に持ってなんか……」

「はいはい。もう夕暮れで肌寒くなってきたから戻りましょう。ほら、クロード、部屋までアンジェリカ様を送ってあげて。私は先に執務室に戻っているから。今日はまだたくさん仕事が残っているから、ちゃんと戻ってきてね！　あ、アンジェリカ様もお風呂にゆっくり浸かって温まってね。明日は王宮の舞踏会もあるのだから、風邪を引いたら大変よ」

二人はリアン・レオナルディに手を振られながら見送られる。

アンジェリカとしては複雑だが、結果的にリアンの神対応で、なんとかクロードの機嫌も『最悪』から『悪』ぐらいには戻ったようだ。

王妃の部屋まで送り届けられるが、アンジェリカは鍵を失くしたことを言えずにいた。

お茶の約束を忘れたことでさえも、あんなに激昂させてしまったのだもの。

もし鍵を失くしたことが分かったら、愛想を尽かされてしまう。

「アンジェ……。君が無事でよかった。ただ君が心配だったんだよ。だが君は――」

「……ごめんなさい。約束を忘れてしまって」

何事も規律を大切にするクロードの予定を狂わせてしまってアンジェリカは恐縮する。

「僕が怒っているのは約束のことじゃないんだよ、アンジェリカ」

「じゃあ、どうして……？」

「……アンジェリカ、君は何も分かってない。だからそうだな、明日の舞踏会で分からせてあげよう」

「舞踏会で……？」

「そう、僕は君のことになるとどうかしてしまうらしい」

クロードは首をかしげて見上げるアンジェリカの唇を美味しそうに食んでから、サファイアブルーの瞳を愉しそうに揺らめかせた。

第六章　淫靡なおしおき

「国王陛下、王妃陛下の、おなり――っ」

登場のラッパが盛大に鳴り響く。

王宮の広い舞踏会場のバルコニーの上には、国王のクロードに恭しく手を取られた王妃アンジェリカが、居並ぶ人々の前に現れた。

今宵の舞踏会にはこの国の貴族という貴族がこぞって招待されており、みな一斉に美しい花々で彩られたバルコニーの二人に注目した。

結婚一周年を迎えた若々しい新妻であるアンジェリカには、特に注目が集まっている。

彼女の夜会ドレスは、クロードの白と黄金の軍服に合わせ、白いサテンに黄金の絹糸で精緻な刺繍が施され、贅をつくした優雅なドレスだ。

胸元は最近流行している大きく開いたオフショルダーで、瑞々しい乳房が零れそうなほど。

そんな愛妻を愛おしそうにエスコートしながら、二人はゆっくりと階段から一歩一歩、足を踏み出しながら下りてくる。

緊張のせいかなのか、アンジェリカの頬は赤らみ、足元も心もとなくおぼつかない。そのためか、クロードが転ばないようぴったりと寄り添って支えている。

仲睦まじい二人の姿に、みな頬を緩めて音楽の音色とともに長い階段を下りてくるのを見つめていた。

「ほら、アンジェ……。もう少しだから頑張ってごらん」

「く、クロード、様……んっ、も……これ以上は……」

アンジェリカは階段を下りるだけでも、蜜洞に入っているものの異物感に苛まれそうになる。

「ふ……、そんなにソレで感じていると嫉妬してしまいそうになるな。ほら、皆が注目している。王妃として笑顔を忘れてはいけないよ」

そう言われ、アンジェリカは足元をふらつかせながらも、精一杯の笑顔を振りまいた。

＊＊＊

アンジェリカがこんな事態に陥ったのはつい半刻前のことだった。

今夜は、リアン・レオナルディ公爵令嬢の労をねぎらう祝いの宴が盛大に開催される予定だった。王家主催ということもあり、国内のすべての貴族に招待状が送られていた。

クロードが彼女のために盛大な舞踏会を主催するということは、それだけクロードの信頼が厚いということが窺える。

敵国であったジェレサール王国と、このルドルバッハを和平に導いた立役者であるからそれも当然だろう。

男性であれば、褒美として高位の爵位を与えられているはずだ。

彼女の功績は、それだけ甚大なものだった。

複雑な気持ちではあるが、王妃であるアンジェリカも彼女の功績に敬意を表さなければならない。実力だけでなく、彼女は人徳もあり非の打ちどころのない素晴らしい人だ。

昨日、アンジェリカがクロードとの約束を破り、彼を苛立たせてしまった時も、彼女はうまくクロードの気持ちを鎮めて取りなしてくれたのだ。

その手並みは鮮やかで、彼女の機転に感謝しなければならない。

秀でた外交能力もあるせいか、美しさ以外にもその聡明さは認めざるを得なかった。

ますます自分がダメな王妃に思えてくる。

アンジェリカが嫁ぐ前は、公爵家の令嬢であるリアンを王妃に……という意見も少なからず臣下から上ったらしい。

だが公爵や当の本人が、頑なに拒んだのだとか。

もし彼女自身がそう望んでいれば、クロードも彼女を王妃に迎えていた可能性は充分にある。

尽きない心配に苛まれながらも、ドレスの着付けをようやく終えると、クロードが宝石箱を持ってアンジェリカの部屋に現れた。

今宵は王家の秘宝と言われる「天空のサファイア」という対になった宝石を身に着ける予定だからだ。

伝説では、元々ひとつの原石であったものが二つに割れて、この国の大地と湖を創ったと言われている。

今夜の舞踏会では、クロードとともに、お揃いで胸に付けることになっていた。

「アンジェリカ、なんて美しい……。我が妃は天上にある花園に、真っ白に咲き誇る一輪の花のようだ。皆もそう思わないか?」

女官たちがいる前での美辞麗句に、アンジェリカはくすぐったい気持ちになって戸惑ってしまう。

いつどんな時も、クロードは王妃としてアンジェリカを賛美してくれる。

それなのに私は——。

思わず俯いたアンジェリカの頤に手をかけて、クロードは挨拶以上の口づけを堪能する。

ちゅ、ちゅ……と二人の唇から甘やかな水音が立つ。

「皆の者、しばし下がっていよ」

女官たちが顔を見合わせ意味深に微笑みながら、次々に部屋から退出していった。

アンジェリカは、クロードのサファイアブルーの瞳がいつになく蠱惑的に揺れたことに一抹の不安を感じとる。

――が、すぐにその感情を打ち消した。

二人きりになったとはいえ、まさか舞踏会の前に淫らなことをするはずがない。

「アンジェリカ、今宵は君に二つほど贈り物を用意した。まず一つめ。これは君も知ってのとおり、我がルドルバッハ王家に代々伝わる秘宝、天空のサファイアだ」

「なんて美しいの……」

まるでクロードの瞳のように深みと透明感のある輝きに見惚れてしまう。

クロードは、ヴェルヴェットの小箱からその宝石を取り出して、自らアンジェリカの広くあいた胸元の中心に天空のサファイアを飾り付けた。

「よく……似合うよ」

目を細めて満足げに微笑んでいる。

アンジェリカも鏡に映し出された自分を見てほぅっと溜息を零した。

クロードの瞳と同じ色の宝石を纏った自分が誇らしくなる。

彼の瞳と瓜二(うりふた)つの宝石を身に着けたアンジェリカは、誰から見ても、まさにクロードのモノだというこれ以上ない証(マーキング)になっているのだが、アンジェリカ自身はそのことに気がついていない。

宝石そのものの価値よりも、クロードとお揃いの、しかも元は同じ原石だった秘宝を身に着けられることに、ただ純粋な喜びを噛みしめていた。

「クロード様、身に余る光栄です。素晴らしい贈り物をありがとうございます」

「これを捧げるのは君以外にいないからね。これは王として妃への贈り物だ。だがアンジェ、もう一つ、僕個人からアンジェリカへの私的な贈り物があるんだよ」

王妃としてこんなに素晴らしい贈り物を頂いたのに、まだあるのかと驚いた。

それもクロード個人から？

アンジェリカはそんなにもクロードが、自分のことを想っていてくれたことに胸がじぃんと熱くなる。

「これだよ」

クロードは先ほどの宝石の小箱よりもかなり大きさのある、重厚な長方形の箱を取り出した。

「開けてごらん」

クロードに言われて、アンジェリカは内心ドキドキしながら、その蓋を開けた。

ヴェルヴェットの箱に鎮座する、その中身を見た途端、アンジェリカは手を止め、石のように固まった。

信じられないモノを目の当たりにして、絶句する。

――これは……何？

ごくり、と思わず唾液を呑み込んだ。

「こ、これは……あの……」

「昨日、アンジェリカはうっかり僕との約束を忘れてしまっただろう？　残念だよ。僕はいっときもアンジェのことを忘れたことはないというのに。しかも君は若い見習い騎士と戯れていた。僕がどんな気持ちだったか分かるかい？」

「あの……約束を忘れてしまったことは謝ります。でも、決して若い見習い騎士と戯れてなんかいません……」

「そうかな？　なんだか楽しそうだったけど。だからまぁちょっとしたお仕置きだよ。たまには秘伝の書から離れて色んな事を試してみるのも楽しいだろう……？」

アンジェリカは後退（あとず）さってぶんぶんと首を振る。

若い見習い騎士と戯れていたなんて、嫉妬も過ぎる。

ただほんの数分話していただけだ。

「でも、僕との約束をうっかり忘れて無碍（むげ）にしたのは事実だ。だから僕を片時も忘れないように、僕の張形（はりがた）を用意したんだよ。そうだな……今宵はこれを身に着けて僕とワルツを踊ること。上手に踊れたら、取り出してあげよう」

クロードは箱からその張形を取り出してアンジェリカの目の前にかざして見せた。

表面はなめらかで、太くてかなり長さがある。

先端は嵩（かさ）だかで、まるで先日、秘伝の書のとおりに愛撫した、クロードそのものの形に酷似している。

酷似どころではない。表面に浮かび上がる脈の走り方もそっくりだ。

う、瓜二つ……？

「ま、まさか……」

「ふ、驚いた？　僕のモノをそのまま模したモノになっている。これは花鹿（かじか）の角から創られているんだよ。大人になる前の若い雄の角でできているから、水牛の角と違って冷たくないし、硬すぎない。表面は張りも弾力もある。しっかり研磨してあるから象牙のように滑らかだ」

「あ、あの嘘でしょう……？　これをどこに身に着けるの……？」

クロードの嬉しそうな笑顔とは対照的に、背中にぬるい汗がたらりと伝う。

まさかこんなものを人から見える所に身に着けられるはずはない。クロードはいったいどういうつもりなの？

アンジェリカはいつにない緊張に囚われる。

「もちろん、アンジェリカの可愛い蜜口に挿入するんだよ。僕の形をちゃんと覚えていれば、絶対に落ちてこない。ほら、先端のエラが僕のものと瓜二つで嵩が張っているだろう？　アンジェリカの中がちゃんと僕の形を覚えていれば、踊ってもここが引っかかって落ちてこないから安心だよ？」

――とうてい安心できるはずがない。

アンジェリカの心の不安を嗅ぎ取ったのか、クロードの声が柔らかくなる。

「大丈夫。ぬるま湯に浸してたっぷり水分を含ませて香油を塗って使うんだ。水分を含ませることで、質量と重みが増すように上手くできている」

アンジェリカがますます蒼白になったのを気にする風もなく、クロードは透きとおった青い瞳を愉快そうに煌めかせた。

さっそく、それを用意してあったぬるま湯に浸して水分を含ませている。

「温めている間にアンジェリカを解しておこうか。いきなり挿れるよりも慣らしておこう。ドレスを汚してはいけないから、ほらここに座って自分でちゃんと抱えていて」

クロードはアンジェリカを広いソファーに座らせると、何層にも重ねられたドレスやペティコートごと、よいしょと太腿を持ち上げた。

「ひぁっ……！　ちょ、クロード様ッ」

ばたばたと爪先を振って慌てたアンジェリカだが、いとも簡単にクロードの望む姿にさせられてしまう。

なによりアンジェリカは最近のクロードの豹変ぶりに恐れをなす。

聖人君子のはずが性技に淫らなことこの上ない。

今までは秘伝の書のとおり、卑猥な交わりをやむなく行っているものばかりなのだと思っていたが、これは秘伝の書に記されていないことだ。

本当に貞潔な人なら、絶対にこんな張形を用意したりしないし、自分の形とそっくりに創るだなんて卑猥極まりない。

しかもその張形を挿入させたまま、妻を舞踏会で踊らせるだなんて……。

クロードはまるでアンジェリカを辱め、羞恥を煽ることを愉しんでいる。嗜虐的な趣味があるのだろうか。

――まさかとは思うが、聖人君子という隠れ蓑を纏っていただけ？

確かにこれまでずっと淡白だと思っていたが、実は一晩に何度も精を迸らせる精力絶倫でもある。

アンジェリカの中にクロードへの疑惑が頭をもたげ始める。

「ああ、張形を見ただけなのに、こんなに蜜をこぼして可愛らしくピンク色の花びらが咲いている」

さっそくドロワーズの狭間を広げ、クロードが感嘆の言葉を呟いた。すぐに花びらを割り広げて、ねっとりと舐め上げる。

「ああっ、やぁっ……、そこはダメェ……ッ」

生々しい舌肉の感触に、堪らなく甘美な刺激が流れてビクビクっと腰を震わせる。

「ああ、美味い。いつ味わっても極上の蜜だ。それにダメなことはないだろう？　アンジェリカの真珠はこんなに物欲しそうにぷっくりと膨れているよ」

クロードは秘玉を口に含んで、アンジェリカに分からせるように舌でたっぷりと可愛がる。

「――っんぁぁ……っ」

言葉では嫌がっても、身体はクロードが与える愛撫に従順だ。

恥ずかしさのあまり、なんとかクロードから逃れようとする。だが、アンジェリカの僅かな抵抗さえもがっしりと太腿を抑え込む逞しい手に阻まれてしまう。

「おやおや、逃げたらいけない。お仕置きだから甘んじて受けたほうが楽だよ。降参してごらん」

だが降参すれば、クロードの張形を挿入れられてしまう。

アンジェリカは必死にどう逃れようかと頭を回転させるが、あえなく陥落する。

クロードは花びらや秘玉をたっぷりと舐め解し、美味なる桃汁を啜り上げている。零れる蜜を一滴も零さないように味わいはじめる。

「ひぁ……あ……ッ、ふぁぁ……んッ」

自分の蜜液ではなく、クロードの巧みな愛撫こそが極上だ。

まるで下半身が痺れて溶けてなくなってしまいそう。

アンジェリカはなす術もなくクロードの舌肉に解され、舞踏会の前だというのにどっぷりと快楽に浸り、全身をがくがくと震わせてしまっている。

クロードは花唇を大きく割り開いて、長い舌を存分に蠢かせていた。ざらりとした舌肉で甘く愛でられる度に、ぞくっと愉悦が込み上げてくる。

「ああ……、柔らかくて堪らないな」

アンジェリカは溢れ来る快感を我慢できずに、ただ蜜を吹き零してしまう。

「んふっ……、ああんっ……、んんっ——ッ」

「蜜口の奥が僕を欲しがってヒクついているよ。アンジェのこの可愛い窄まりに僕と瓜二つの張形を呑み込ませると思うと、なんだかゾクゾクするな」

たっぷりと秘玉を舐め回し、小刻みに甘嚙みしてアンジェリカを恍惚に押し上げる。息も切れ切れになり抵抗する力がなくなると、クロードが顔を上げて手の甲で濡れた唇を拭った。

「残念。ずっと味わっていたいが、舞踏会まであまり時間もない。そろそろ頃合いかな？」

――いったい、なんの頃合いなのだろう。

嫌な予感に逃げ出したくなるが、手足からくたりと力が抜けてしまっている。

自分で立ち上がることすらできない。

これが現実とは信じられず、目の前もとろんとして夢うつつのようになる。

「ほらごらん、たっぷりと香油も塗っておいたから痛みはないはずだ。さぁ、力を抜いて」

クロードはぬらぬらと妖しく光る自身の張形を手に目を細め、うっとりとした表情を浮かべた。その卑猥極まりない切っ先をアンジェリカの蜜口へと押しあてる。

「力を抜いて。――そう、いい子だ」

「ひぅっ、あぁ……っ」

温めてあるせいで、まるで生身のように感じてしまう。エラの張った切っ先で、蜜襞がぐいと広げられ引き攣れそうなほどだ。

だがたっぷりと潤った蜜液や張形に塗られた香油のせいなのか、意外にもクロードにそっくりな膨らみをぐぷりとなんなく呑み込んでいく。

「ひ……、やぁ、やめて、あぁ……あんっ」

「ああ、先っぽが入ったよ。ほら、分かる？」

若い雄の角だという花鹿の張形。その切っ先をクロードがヌプヌプと浅瀬で前後させる。それだけでアンジェリカは感じ入ってしまい、腰から快感が込みあげてくる。

「ふ……いい子だ。今度は奥まで挿入れるよ」

ぬぷぷ——っとクロードと瓜二つの張形が、アンジェリカの蜜洞に押し入ってきた。まるでクロードに突き入れられたかのように、敏感に蜜奥が感じてしまい、アンジェリカは涙目になって嬌声を上げた。

「ひぁ……ああ——……ッん……」

「うん、いい子だ。君のここが僕の形を覚えていたね。ちゃんと根元まで収まっているよ」

質感も太さも、まるでクロードを丸ごと呑み込んだような圧迫感で、脳芯が恍惚に痺れてしまう。

「こんなの無理です……。踊るどころか歩くのさえも、できるかどうか……」

「心配いらない。少し慣らせば大丈夫だよ。花鹿の角には催淫作用もあるんだ。だからじっくりと沁み出して、すぐにそれが悦くなってくる」

クロードは絞った布でアンジェリカの秘所や太腿を濡らした蜜液を綺麗に拭き取った。ドレスの裾を直してアンジェリカをソファーに座らせる。

「ほら、だんだん慣れて馴染んできただろう?」

アンジェリカはこくりと頷く。

なんだか身体の奥がじんわりと熱くなり、クロードと同じ圧迫感に心地よささえ感じてしまっている。

隣でクロードに支えてもらえれば、なんとか立っていられる状態だ。

「そんなに蕩けそうなほどの愛らしい表情をしたら、僕の方が理性を失いそうになる」

クロードはアンジェリカを立ち上がらせると、大事な宝物を包み込むように抱きしめた。

「ああ、アンジェリカ、可愛い。今君が僕の張形を呑み込んでいると思うと堪らない気持ちになる」

クロードは嬉しさに声を上ずらせた。

ほんのりとアンジェリカの蜜の香りが漂って、思わず鼻孔を満たすように吸い込んだ。

――なんともいえず芳(かぐわ)しい。

本来なら、この腕の中に閉じ込めたままどこにも行かせたくはないのだが。

「あ、あの。わたし……大丈夫かしら……?」

アンジェリカが潤んだ瞳でクロードを見つめ、不安げに呟いた。

「舞踏会の間はずっと側で支えていてあげるから何も心配することはない。最初のワルツが終わったら抜いてあげよう」

ちょうど扉の外からもお時間です、という声がかかる。

国王と王妃の登場の時間が差し迫っていた。

今宵のアンジェリカを目にした人々は、その可憐で艶めいた美しさに見惚れてしまうことだろう……。クロードは密かにくすりとほくそ笑む。

それこそが、クロードの計画だった。

なにより、かのジェレサール国王からも未だに諦めきれないのか、側室として第三王女を献上したいとのしつこい誘いがかかっている。しかもジェレサールだけでなく、多くの国々からも側室を献上したいとの申し出に、クロードは断りあぐねていた。

今夜の本来の目的は、アンジェリカの色香に誰も叶う女性などいないということを知らしめるためだ。

クロードがアンジェリカを一番美しいと想うのは、自分を呑み込んでいる時の彼女の表情だ。清純なのにしどけなく、快楽にふやけた何とも言えない表情は、クロードを狂わせ、アンジェリカにのめり込まずにはいられなくなる。

だがさすがにそんな表情を自分との閨以外で見せることはできない。

ジェレサールのしつこい王やその他の国々を黙らせるためにも、今宵は誰よりも可憐で、誰よりも甘美な色香の漂うアンジェリカをお披露目する必要がある。

外側はクロードの瞳と同じ色の宝石で着飾り、内側からはクロードそのものを模した張形で彼女を自分一色に染め上げる。

アンジェリカは、まさにクロードの思惑通り、いやそれ以上に淫らで蠱惑的な美しさを漂わせていた。

できればそんなアンジェリカを誰にも見せたくはない。だが、花の蜜に群がる虫のように、男なら官能を掻き立てられずにいられないだろう。

今宵のアンジェリカを一目見れば、どの国もクロードに側室を献上したいなどと、馬鹿げたことは言ってこないはずだ。

それに舞踏会で他国の外交官と踊っても、アンジェリカ自身、身の内にあるクロードの存在を意識せずにはいられないはずだ。

恥じらいながら踊るアンジェリカを見るのも楽しみだ。

彼女と踊った男どもが、彼女から立ち上る蜜の芳しい香りに、クロード王は夜も昼もアンジェリカに首ったけなのだと触れ回ってくれれば、なおありがたい。

匂い立つ甘い蜜は、アンジェリカがクロードを身の内に感じて垂れ流している蜜なのだ。そう思っただけで、クロードも昂ってしまいそうになる。

今宵の舞踏会が終わったら、たっぷりとアンジェリカを可愛がって褒美をあげよう。

身も心も僕のことで一杯に満たして、アンジェリカ自身も夜も昼もクロード以外、なにも考えられないように。

「さ、行こうか？　最愛の我が妃……」

クロードはアンジェリカを舞踏会場までゆっくりとエスコートしながら、口角に微笑を浮かばせていた。

＊＊＊

「まぁ……何てお似合いのお二人なんでしょう」

舞踏会の冒頭でクロードがリアン・レオナルディ公爵令嬢の功績を讃えた後、まずは国王夫妻がワルツを踊り盛大な舞踏会の幕開けとなる。

幾重にも吊り下がるシャンデリアの眩い光のもと、クロードがフロアの中央に進み出て、アンジェリカに手を差し伸べた。

「さぁ、おいで」

二人の手が繋がれたのと同時に、楽団の流麗な音楽が奏でられ始めた。クロードは均整のとれた上半身を僅かに反らして、腰をアンジェリカにぴったりと密着させる。逞しい腕でホールドしながら流れるようにワルツを踊り始めた。

会場からは、ほうっと感嘆の溜息が漏れる。まるで神話の中の神々のような佇まいだ。

息の合った二人のワルツに会場からは盛大な拍手が湧いた。

本当ならダンス好きなアンジェリカは、クロードのステップに合わせてワルツを存分に愉しんだはずだ。だが、蜜路に挿入されたクロードの張形を意識せずにはいられない。ステップを踏み出すたびに、奥に入り込んだ花鹿（かじか）の塊が、アンジェリカの敏感な部分を容赦なく擦り上げていく。

「……ぁんっ」

「ふ……、可愛い声だ。アンジェ、ワルツを踊りながらイく君を見たいな」

大勢の人がいるというのに、そんなことになったら王妃として終わってしまう。

アンジェリカが涙目で見上げると、クロードは冗談だよ、とくすりと微笑みながら耳元で囁いた。

こうして踊っている最中も、張形がアンジェリカの秘めやかな部分を擦り上げ、感じさせている。それを分かっているのに、踊りながらアンジェリカを引き寄せては離し、また引き寄せては火照った身体を自身の胸板にぴたりと合わせる。

アンジェリカは堪らずにクロードにもたれかかって、小さく喘いだ。

花鹿の成分が溶けだしているのか、肌が感じやすくなってしまっている。

まるで全身が性感帯のようになってしまっていた。

自分の手を取るごつごつしたクロードの男らしい手と、腰に添えられている手の温もりにさえ、甘く震えるような快感が込み上げてくる。

「はぁ……、く、ろーど……ッん」

やわりと微笑み、クロードがワルツの滑らかな音楽にのってアンジェリカを腕の中でくるりと回す。身体を捻るたびに硬い竿形がぐりぐりと蜜洞を擦り、卑猥極まりない切っ先が子宮口をぐいと押し上げる。

「ひぁ……ッ」

「アンジェ、ほら、もっと僕を感じて?」

クロードが音楽に合わせて自身の下半身をアンジェリカの下腹部に押し付けてきた。内側と外側からの刺激に脳芯が甘く震え、アンジェリカは思わずバランスを崩してしまう。

すかさず逞しい腕が伸び、アンジェリカが転ばないよう巧みなリードを繰り広げる。

クロードは何事もなかったかのごとく、優雅に流れるようなターンを披露した。見事な二人の呼吸に会場がまたもや大きな拍手の渦に包み込まれる。

「クロード……、も、奥が……いっぱいで……」

「まだダメだよ。もっとアンジェリカの蕩けた顔が見たいから」

ゆったりしたワルツを踊るたびに、じわじわと張形が深く這い上ってくる。

観衆の前で、まるで踊りながらクロードと交わっているかのようだ。

あまりの淫らなワルツに下半身が蕩けそうになる。クロードが腰をぐいと押し付けるたび、呑み込まされたモノが膣奥で蠢き、甘い痺れに我慢も限界に近づいてきた。

「ひぅ……。も……おかしく、なっちゃう……」

「いいよ、アンジェリカがおかしくなったところを見せて」

クロードが溶けた砂糖のような目でアンジェリカを見下ろしている。

二人のワルツに招待客らはうっとりとため息を零した。

年の離れたアンジェリカは、まだあどけない少女のようだと思われていたのだが、今宵の見違えるような艶めかしい姿に、誰もが見惚れてしまっている。

クロードもアンジェリカだけを見つめ、しきりに耳元で優し気な言葉を囁いている様子が窺える。

誰もがその寵愛ぶりを疑わず、王を虜にするアンジェリカの成熟した色香に見入っていた。

「アンジェ……、君の中の僕を感じている?」

クロードが意地悪く囁いた。

感じ入りすぎて、もはや頭が蕩け落ちそうで、ステップが上手く踏めない。

だがクロードはダンスの名手だ。アンジェリカが恍惚に悶えているの感じさせないように、巧みなリードで流麗なダンスを披露した。

ワルツに合わせて腰を引いたり突いたりされれば、クロードの陰茎と全く同じ張形が、その度に内壁を抉るように突き上げていく。

じわじわと責め立てられているようで、アンジェリカの息も絶え絶えになる。

身体中が火照って、濃密な甘い匂いが上り立った。

気を抜けば、舞踏会場で高みへと昇りつめてしまいそうなほどだ。

「ふ……、く、ろーどさま、もう……だめ……」

アンジェリカはどうとう極限に達していた。これ以上ワルツが続けば、はしたない痴態を晒してしまう。なのにクロードは妖しく目を眇めた。

「ふ……、アンジェリカ、我慢しなくていい。ここでイってごらん」

引き締まった腰でぐりりっと下腹部を強く突かれた。瞬間、胎内に埋め込まれた淫具に深く突き上げられて、堪えきれずにクロードにしがみ付いたまま身悶えした。

「ひぁ……、あ……あ……」

ああ、神様、嘘でしょう……。

観衆の目の前で淫らにも達してしまう。

アンジェリカは喉をヒクヒクとさせ、痙攣するように身体を波打たせた。

――だめ……、こんな……ところでイってしまうなんて……。

だがちょうどそのタイミングを見計らったかのように音楽が止み、アンジェリカはクロードの腕の中にぎゅっと抱きしめられる。

そのおかげで、誰にも絶頂に昇りつめた痴態を見られずに済んでいた。

「いい子だ……愛しいアンジェ、良くできたね」

ようやく波が引いた頃合いを見計らって、クロードはアンジェリカを抱き上げ、観衆に満面の笑みを浮かべてお辞儀をした。

「皆の者、我が妃は緊張が解けたせいか脚に力が入らぬらしい。別室で一休みさせるとしよう。さぁ、皆もダンスを楽しんでくれ」

誰もが割れんばかりの惜しみない拍手を送っている。

「貞潔な陛下も、お妃さまの美しさには敵いませんことね」

「ダンスを披露された後、緊張で脚から力が抜けてしまうだなんて、初々しくてお可愛らしいわ」

観衆はクロードとアンジェリカの素晴らしいダンスを褒め湛える。

まさか聖人君子と謳われるクロードが、妃に自分の性器を模した淫具を挿入したままワルツを踊り、あまつさえ、踊りながら恍惚を極めさせたとは、露ほども思っていなかった。

＊＊＊

——なんというはしたない姿を見せてしまったのだろう。

ワルツを踊りながら、あられもない痴態を晒してしまうなんて……。

アンジェリカは、人生最大の途方もない恥ずかしさに包まれていた。

控室に戻ってすぐ、クロードが身体の中の張形を抜いてくれはしたのだが、それでもまだ奥がじんじんと疼いている。まだ当分、会場にも戻れそうもない。

——きっと、ジェレサールや他の国の大使も呆れているわ。

踊った後、力の抜けた自分を見て、悩まし気に溜息まで吐いていた大使もいた。

きっと王妃らしくないと思われてしまったのだろう。

「……陛下の意地悪。皆さんきっと私に呆れているわ」

「そんなことはない。皆、アンジェリカの色香にうっとりしていたよ」

クロードはソファーに脚を組んで寛ぎ、アンジェリカを見つめて嬉しそうに目元を緩めている。

余裕を湛えた表情だ。

アンジェリカが抗議の声をあげようとしたとき、扉の外からコンコンとノックが鳴った。

「——クロード、私よ、リアン。ちょっといいかしら？」

「……入れ」

「お寛ぎのところをごめんなさいね」

にこやかに微笑んで入ってきたのは、今夜の主役、リアン・レオナルディ公爵令嬢だった。アンジェリカににっこりと微笑み、二人の傍に近づいた。

彼女は瞳の色と同じ、深緑色に金の刺繍が施されたドレスに身を包んでいる。背がすらりと高く、凛とした雰囲気はクロードととてもよく似ている。

いつ見ても目が覚めるほどの美人だ。

自分よりもクロードの傍にいるのにぴったりな人物なのではないだろうか。

「ふふ、先ほどのお二人のワルツを見ていて惚れ惚れしましたわ」

リアンがアンジェリカの手を親し気に取り、すぐ隣に腰を下ろした。

間近で見ると睫毛がうっとりするほど長く、肌もシミ一つなく滑らかだ。すっと伸びた眉に品のある鼻筋が印象的な、凛々(りんりん)とした高貴な面差しだ。

アンジェリカはドギマギした。

これほど美しい人とクロードはいつも一緒に政務を行っているのだわ。やっぱりクロードから見た私なんて、ごく一般的な顔立ちで、霞(かす)んでしまうに決まっている。

「リアン、いきなり我が妃の隣に座るなんて失礼だろう。君はこちらだ」

不機嫌そうな声で、自分のソファーの隣をポンと叩いた。

——え？

一瞬、アンジェリカは耳を疑った。

確かに今クロードは、リアンに自分のすぐ隣に座るように指図した。

「あら、陛下の視界にアンジェリカ様以外の人が入るのはダメなの？」

リアンはクスクスと揶揄(からか)いを含んだ声で笑いながら、当然のごとくクロードのすぐ隣に座りなおす。膝が触れあってしまうほど、近い。

アンジェリカの頭はパニックに陥った。

と、隣って……。

クロードはよほど気を許したもの以外は隣には座らせない。弟王子妃のシャルロッテでさえ、クロードの隣に、しかも同じソファーに座したことはない。

アンジェリカも寝室や謁見の時以外、クロードの隣に座ったことなどないし、親密そうにこちらに座れ、などとクロード自ら椅子をぽんと叩くなんてあり得ないことだ。

もしかして執務中も二人はいつもこんなに近く、親密に座っているの……？

嘘だと思いたいが、目の前の二人はごく自然に打ち解けた様子で会話をしている。

アンジェリカの複雑な想いなど、全く心にも思っていないらしい。

「あ、そうそう、実は先日赴任したばかりのサザランド公国の大使夫妻がお二人にご挨拶したいそうよ。それを伝えに来たの」

「我が妃はまだ休息が必要だ。私一人で行こう。アンジェリカ、体調が良くなった頃に迎えに来るからそれまで休んでいなさい」

「……はい」

なるほど、リアンは今宵の舞踏会の主催者であるクロードが、長い時間席を外すのは失礼に当たると思い、それとなく適当な理由をつけて連れ戻しに来たのだ。

それぐらい、アンジェリカにも分かる。

本来は王妃である自分が気づいて、クロードを会場へと戻すべきだったのに。

またもや落ち込んでしまうアンジェリカをリアンがじっと見つめて、意味深な微笑みを浮かべていた。

「本当に可愛らしいわ。ねぇ、陛下、私はここでアンジェリカ様とお話していようかしら？」

「莫迦(ばか)なことを言うな。お前は私の側から離れずに控えているんだ」

クロードがリアンの腕をぐいっと引き上げて立ち上がらせると、彼女の耳元で何かを囁いた。

――いくらなんでも、近すぎる。

アンジェリカは目を見開いた。

幼馴染とはいえ、まるでクロードは恋人に囁いているみたい。

リアンは、なぜか嬉しげに笑みを零した。

「ふふ、しようがないわね。分かったわ、陛下。では王妃様、あとはご心配なくゆっくりこちらでお休みくださいね」

「アンジェリカ、ではまたあとで」

クロードも寛いだ雰囲気から、いつもの凛々しく堂々たる佇まいを纏い、二人並んで控室を後にする。

アンジェリカは衝撃とショックで言葉を失った。

だけど二人は小さい頃から一緒に育ったようなものなのだ。だから家族のように気が置けないのだと、アレン王子も言っていた。さっきみたいに耳元で囁き合うなんて、二人にとっては大したことではないのかもしれない。

アンジェリカは無理矢理自分をそう納得させる。

でもソファーでぴったりと寄り添った二人の姿が頭から離れない。

絶世の美女のリアンと王者の風格のあるクロードが並べば、さぞ舞踏会場でも映えることだろう。王妃なんかいなくても、リアンがクロードの傍らにいれば国は回る。

だが、アンジェリカはぶんぶんと頭を振ってその考えを打ち消した。

私にもクロードの側で支えてあげられることがあるはずだ。それに今のアンジェリカにとっては、世継ぎを産むのも大事な使命だ。それはアンジェリカにしかできないことだ。

でも、どうして自分はリアンのように、どんな時も冷静に機転を利かせてクロードに対応できないのだろう。

彼といると、いつだってドキドキしてうまく頭が働かない。なおさら今日は淫らなことをされてしまったせいで、頭の中はクロード一色に染め上げられてしまっていた。

少し冷静になろう……。

アンジェリカは身体の熱を冷ますため、庭園に面した窓を開けてバルコニーから外に続く階段を下りてみた。

そよそよと吹いてくる夜風が気持ちいい。

少しだけそぞろ歩いていると、舞踏会場の中が見える場所に出た。

麗しい音楽。眩いほどの光。

その中でクロードとリアンがぴったりと並んで大使らと談笑している。

「――っ」

やっぱり嫉妬するなというほうが無理だ。

クロードが大使に何かを話した後、リアンもそれを補足するように会話に加わる。すると大使らが満面の笑みを浮かべて、とても和やかに場が盛り上がっている。

「どうだ？　あの二人、お似合いだろう……？」

「だれっ……!?」

背後からただならぬ声音が響き、アンジェリカは思わず振り返る。

目の前には、どこか見覚えのある少年がアンジェリカをじろりと睨んでいた。

「あなたは……」

──リアン・レオナルディの弟？

たしか彼女の出迎えの時に、この少年もその場にいた。

シャルロッテから聞いたところによると、レオナルディ公爵が後妻との間にもうけた男の子で、たしか名前はエリオットだ。

「あんたがいなければ、姉さんは陛下と結婚していたんだ」

まるで敵を憎むような声でエリオットがアンジェリカを睨みつける。

「どういうこと……？」

「何も知らずにいい気なものだ。僕の姉さんは、お前が現れたせいで陛下と結婚できずにいるんだ」

まだ少年とはいえ、王妃への物言いとしては不敬極まりない。だが、それよりもアンジェリカはこの少年が告げたその内容に驚いた。

「く、詳しく聞かせて」

「ふん。姉さんはずっとクロード陛下のことが好きだったんだ……。だから何度もジェレサールに単身渡って陛下のために尽くして来た。出発前に陛下との別れが辛くてひとりで涙していたのを僕は知っている。その間に陛下はお前を妃に迎えてしまったんだ。姉さんが異国の地で陛下のために、たった一人で頑張っていたのに、陛下は……」

「……そ、そんな」

やはりリアンも陛下を好きだったのかという想いと、驚愕が混ざり合う。リアンはどんな気持ちで私と陛下を見ているのだろう。

でも、アンジェリカもどうしていいか分からない。

「あんたが嫁いでこなければ、陛下は姉さんを選んでいたはずだ。だけど所詮、王族の妃には叶わない。陛下だって姉さんを好いていたはずだ。姉さんも陛下のために涙を飲んで身を引いたんだ。お、お前さえ現れなければ……っ」

エリオットは、感極まったのかわなわなと震えながらアンジェリカをなじった。その手には何かをぎゅっと握りしめている。

月明かりに光るそれには見覚えがあった。

アンジェリカがつい昨日、庭園で失くした秘伝の書の鍵のペンダントだ。

「そ、それは、私の……っ」

「これか？」

エリオットがそのペンダントを目の前でゆらゆらと振って見せた。

「あんたがこの間、庭園で犬とじゃれていたときに落としたのを拾ったんだ。これ、陛下とお揃いのペンダントだろう？」

「何でそれを知っているの？」

お揃いだというのは、神託を受けたときに聖堂にいた大神官とアレン王子やごく側近しか知らないはずだ。

するとエリオットがぎりっと唇を嚙んだ。

「この間、陛下が騎士団に剣の稽古をつけていた時、これと同じペンダントをしていたのを偶然見たんだ。陛下とお揃いのペンダントをして、いい気になりやがって……」

「違うの、それは大切なものなの。お願い、返してっ」

アンジェリカが手を伸ばすとひょいと引いてニヤニヤと笑う。

「いやだ。だけどそうだな……。週末から離宮で陛下主催の狩猟祭が開催されるだろう？その狩猟祭で姉と陛下をペアにするようしむけるんだ」

「そうしたら返してくれるの……？」

「考えてやる。姉はあんたなんかよりもずっと綺麗で魅力的で優しい人だ。それを陛下に分からせる。政務以外でも一緒に過ごしたら、姉の素晴らしさに気が付くはずだ。陛下も目が覚める。そうだろう？」

アンジェリカは喉から苦いものが込み上げた。

この週末は、クロード主催による狩りのイベントが行われる予定だった。王都から馬車で二日ほどの森の中にある離宮を解放し、外国の大使や貴族たちを大勢招いて交流を図るための行事だ。

狩りでは男女二人がペア一組となって行われ、一週間の成果を競い合う。

女性や子供も参加するため、狩りだけではなくピクニックや湖での舟遊び、茶会に夜会も予定され、お祭りのような楽しいイベントになる予定だった。

アンジェリカはもちろん、クロードとペアで参加する予定でとても楽しみにしていたものだ。そのため、乗馬ドレスや夜会用のドレスも何着か新調していた。

「——姉さんはぼくとペアで参加予定なんだ。だけど僕は当日体調を壊す。あんたも同じようにすればいい。陛下は主催者だから狩りに出ないわけには行かないだろう？　あんたと俺が不参加になれば、きっと姉さんとペアになる」

エリオットが提案しているのは、まるで子供のような幼稚な発想だ。だけど、確かにお互いのペアが体調不良になれば、クロードはリアンとペアを組むだろう。

エリオットの言うとおり、政務以外にリアンと一緒に過ごす機会が多くなれば、クロードも彼女に魅かれるのは間違いないのではないか……という不安が頭をもたげた。

リアンには男性も女性も惹きつけられずにはいられない魅力がある。それに狩りはペアになった者同士で協力して行うものだ。より信頼という絆も生まれやすい。

そう思ったところでアンジェリカは苦笑した。

――莫迦ね。クロードとリアンには私などより、とっくにお互いが深い絆で結ばれている。でなければ、たとえ幼馴染であってもクロードは自分の隣に親密に座らせたりしない。

「うまく陛下と姉をペアにしてくれたらペンダントを返してやる。それに狩猟祭の間は、姉と陛下の邪魔をしないこと。なるべく陛下から離れていろ」

アンジェリカは頷いた。

「……わかったわ。その代わり必ず返して。お願い」

「いいだろう。嘘を吐いたら、このペンダントは湖に投げ捨ててやるからな」

エリオットは捨て台詞を吐いて、アンジェリカの前から立ち去っていった。

アンジェリカは窓の向こう側にいるクロードと、その隣に寄り添うリアンを眩しそうに見上げた。

本当に、エリオットの言ったとおりなの？

二人は愛し合っていて、私がクロードに嫁がなければ、結婚していたの……？

アンジェリカは心の中を掻き毟られたような気持ちになった。

背がすらりと高く黒曜石のように輝く漆黒の髪。アンジェリカをすっぽりと包み込む広い胸。どんな時も優しげに揺れる瞳。

こんなにもクロードを好き……、愛している。

この国に嫁いで何も分からない私をずっと笑顔で優しく見守っていてくれた。

でも、もしも私が愛し合う二人を引き裂いてしまったのだとしたら？

クロードが本当に愛しているのはリアンだったら？

いったい私はどうしたらいいのだろう……。

それでもアンジェリカはクロードとの間に子を授かりたかった。

この国を災いから守るため——、それは口実なのは分かっている。

子を授かれば、きっとクロードは自分を慈しんでくれる。ただ王妃としてではなく一人の女性として愛してくれる。そんな一縷の望みに縋りつく以外、今のアンジェリカにはなす術がなかった。

「クロードさま……」

アンジェリカは切なげに愛しい人の名を呟いた。

彼を見上げるその瞳は、まるで届くことのない天の星を掴もうとしている幼子のようだ。

アンジェリカは窓の向こうで眩い笑顔を見せるクロードをただ恋しそうに見つめていた。

第七章　狩猟祭

王都から馬車で二日ほど離れた森の中に佇むブリリアン宮殿。

近隣の人々は『涼しの離宮』と呼んでいる。

なぜなら、夏から秋にかけて避暑を目的とした王家の人々のために、離宮として使用されているからだ。

王都よりも高所にある高原に位置しているため日中も涼しい。周りは美しい山や湖、自然豊かな森に囲まれ、鴨（かも）やキツネ、鹿などの狩猟場の名所としても知られている。

東西に長く張り出した華麗で重厚な白亜の建物には、千を超える部屋があり、王城に引けを取らない壮麗な造りになっている。

離宮の中には、彫刻や絵画など数々の美術品も収蔵されており、美術愛好家たちからは、一生に一度は滞在したい城として切望される宮殿でもあった。

また敷地内には広大な馬場もいくつかあり、離宮内で狩猟馬の育成もされていた。

今日から始まる狩猟祭では、数多くの狩猟馬たちが参加者に貸し出されるため、大勢の馬丁や従僕たちが、参加者に合わせて鞍や装備を準備したりと朝早くからせわしなく立ち働いている。

朝食を終えた参加者たちもぞくぞくと会場に集まり、馬や狩猟具の点検を行っていた。

昔の狩りは弓矢だったが、最近は弓矢を改良したボウガンが狩りに使われている。参加者たちはボウガンを点検しながら、会場は熱気と興奮に包まれていた。

一方、見学者のためには白い天幕が用意され、まるで花畑のように華やかに、そこかしこに立ち並んでいる。

狩りに参加しない貴婦人や子供たちは、天幕の中でお茶や軽食、お喋りを楽しみながら、各ペアの狩猟成績の報告を聞くことになっていた。

見学者たちも退屈しないよう賭けの用紙が配られ、推しているペアが入賞すると豪華な景品が貰えることになっていたから、応援も白熱する。

アンジェリカも本来なら狩りに参加するため、朝早くから馬具の調整を行うはずだった。でも今は会場に用意されたテントの中で、今日の空模様と同じく、どんよりとした気持ちを抱えていた。

この日のためにひと月も前からデザインを考えて新調した乗馬服にも着替えたのだが、まったく心が弾まない。

それもそのはずだ。

エリオットとの約束に従って、ついさっき頭痛がするとクロードに伝えたところ、大事を取って見学することになってしまった。

案の定、同じく腹痛で参加できなくなったエリオットの相手であるリアンとクロードが、思惑通りにペアを組んで狩りに参加することとなった。

ここまではエリオットが立てた筋書きどおりに進んでいる。

乗馬を愛するアンジェリカにとって、年に一度の狩りの祭りに参加できないことは苦渋の決断だ。しかも仮病を使ってしまったことも心苦しい。

クロードが自分の体調を心から気遣ってくれているからだ。

「アンジェリカ、今日は曇りで少し肌寒いようだ。ショールを羽織って暖かくして。使用人に温めたレンガを持ってきてもらおう。あまり具合が悪いようなら、無理せず部屋に戻って休むんだよ」

クロードが使用人に指示を与えると、すぐに温めたレンガが運ばれ、アンジェリカの足元に置かれた。

「アンジェリカ、さぁ、これに脚を乗せて。冷えるといけない」

なんとクロードは自ら跪いて、アンジェリカの足先を布袋に包んだレンガに乗せる。そんなクロードの献身ぶりを周りの人々は微笑ましく見守っていた。

王が王妃を寵愛してやまない様子が窺える。

だが、どちらかというとクロードは心配性なだけで、きっと誰に対しても同じことをするのではないかとアンジェリカは思う。

もし今の自分がリアンだったとしても、きっと同じことをしただろう。

その時、ふと誰かからの視線を感じてちらっと横を見ると、エリオットがアンジェリカを睨みつけていた。

彼の突き刺さるようなきつい視線に、アンジェリカは重い溜息を吐いた。

自分だって故意に見せつけているわけではないが、結果的にクロードとの仲睦まじさをアピールしてしまっているように思われたようだ。

本当はクロードが過保護すぎるだけなのに。

「あの、クロード、もう大丈夫だから。ちょっと頭痛がするだけなの。きっとこのどんよりした曇りのお天気のせいね。私のことは気にしないで、クロードも怪我のないように気をつけてね」

「もちろんだとも。僕は狩りの名手なんだ。一等をとって君を喜ばせてあげよう。今夜は僕の獲(と)った鴨や鹿の豪勢な夕食が並ぶよ」

アンジェリカは作り笑いを浮かべた。

本当は狩りの成果などより、クロードと一緒にこのイベントを楽しみたかっただけだ。

今からでも体調が良くなったと言って参加したい気持ちもあるが、アンジェリカはぐっと堪えた。

エリオットからなんとしてもあのペンダントを取り返さないといけない。

「クロード、ありがとう。あの、どうか無理はしないで……あっ」

「――陛下、ご準備はいいですか？　既に参加者が列に並んで、姉もあちらで陛下のお越しを待っています」

急かすようにアンジェリカの前に進み出て、話に割り込んできたのはエリオットだった。

クロードは分かったと答えるとアンジェリカにいい子で待っているようにと笑顔を見せた。

今日のクロードは、ぴったりした白の乗馬用のズボンにぴかぴかに磨かれた黒光りのするブーツ、それに黒いジャケットを身に着けている。

艶々と光沢を放つ見事な鹿毛(かげ)の馬に、ひらりと飛び乗る姿が誰よりも麗しい。

乗馬服に包まれた逞しい太腿で、鐙(あぶみ)を勢いよく蹴りだし、巧みに馬を操っている。

いよいよ王であるクロードのお出ましに、参加者からも歓声と拍手が湧いた。

背筋を凛と伸ばし、すらりとした長い脚、颯爽たるその姿にアンジェリカはまたもや見惚れてしまう。

周りの貴婦人らも、クロードの凛々しい姿に、思わず溜息を零している。

「まぁ、さすが惚れ惚れするほどの男ぶりですわね」

「聖人君子の陛下も、最近は王妃様に形なしだとか。日が高く昇っても王妃様をご寝所から離さないと伺いましたわ」

アンジェリカの近くに座った伯爵夫人が、ほほと小鳥のような笑い声を漏らした。

「そ、そんなことは……」

エリオットが近くにいるのに、そんな話は禁物だ。アンジェリカはエリオットの気配にヒヤヒヤしながら否定した。

「うふふ、まぁ、ご謙遜なさらずに。うちの姪が王妃様の女官としてお仕えしておりますの。陛下の溺愛ぶりはいまや王都中に鳴り響いていますわよ」

アンジェリカは恥ずかしさで頬をかぁっと染める。

確かに女官は貴族の子女が行儀見習いとして一定期間務めることが多い。だけど、二人の閨事情が瞬く間に貴族の間で広まるなんて、今この場から逃げ出したいほど恥ずかしい。

「ふふ、なんといってもお世継ぎに関係することですから、国民は皆、関心を寄せておりますわ。それに閨では女性のお気持ちが良くなればなるほど、男の子が授かる確率が高くなるそうですわよ」

伯爵夫人が扇を口元にあててアンジェリカにそっと耳打ちした。「陛下に夜毎たっぷり愛でられるのが宜しいですわ」と、アンジェリカが聞いてもいないアドバイスを嬉しそうに仄めかす。

「アンジェ！　私も行ってくるわね～！」

ちょうどその時、シャルロッテが馬上から手を振りながらアンジェリカに声を掛けた。

アンジェリカはほっとしてシャルロッテに手を振り返し、気を付けて、と返事をする。

二人の後から、クロードとリアンもこちらに手を振りながら狩場へと馬を並んで走らせて行く。

「陛下の乗馬姿は、やはりどの殿方よりも素敵ですわ」

「でも、アレン王子もほら、白馬に乗った姿が美しいわ。今年はシャルロッテ様もご参加されるのね」

アンジェリカは夫婦で仲良く狩りに参加するシャルロッテを羨望の眼差しで見送った。

彼女は乗馬が苦手なのだが、今回はアレン王子とともに初めて参加する。

かなり前からこの日のためにアレン王子から乗馬を習っていたのだ。

今日は夫婦水入らずで、きっと楽しい狩りの一日になるだろう。

アンジェリカもペンダントを落とすというヘマをしなければ、きっとクロードと二人で楽しい日を過ごしていただろう。

後悔してもどうしようもないが、今は親しい話し相手もなく、天幕にひとり取り残されてしまっている
――どうしてこんなことになってしまったのだろう。

アンジェリカはクロードと馬を並べて進むリアンの姿を目で追っていた。

彼女の乗馬の腕は、男性に引けを取らないほど群を抜いているらしい。片手で余裕の様子で手綱を操り、堂々としている。

最新流行の乗馬服に身を包み、横鞍に座る姿は、クロードに負けないぐらい凛とした一輪の花のように美しい。

ときおりクロードがリアンの馬に近づいて、顔を寄せながら語りかけている。リアンもそれに笑顔で答えていた。

狩りの作戦を話し合っているのだろうか。

本当ならそこにいたのは自分で、クロードとどうやって獲物を捕まえようか楽しく算段していたはずだ。

「いいか。姉の邪魔をするなよ。この離宮に滞在している間は、陛下は姉のものだ」

「――分かってるわ」

エリオットは狩りだけでなく、他にも様々な要求を突きつけてきた。今回の狩猟祭の間に予定されているピクニックや、離宮内の美術品巡りツアー、お茶会に夜会、それらすべてに仮病なりを使ってうまくリアンとクロードを二人にする機会を作るよう、アンジェリカに迫ったのだ。

クロードは主催者なので、具合が悪いアンジェリカの側にずっといるわけにはいかない。

せっかくの年に一度の狩猟祭が、アンジェリカにとって最大に憂鬱な催しとなる。

エリオットは本気で姉のリアンをクロードとくっつけたいようだ。

だが、王妃である自分が何らかの理由で廃されない限り、クロードがリアンを召したとしても、側妃や寵姫という立場でしか彼と一緒にはいられない。

リアンはそれを望んでいるのだろうか。

もしかしてエリオットは、クロードと二人きりになれるよう、リアン本人に頼まれているの……？

芽生えた猜疑心が、心の中にひたひたと広がっていく。

その他にも色々な不安が渦巻いて、最近は夜も良く寝られない。

だが皮肉にもそのおかげで、ここ数日、クロードとの交わりを回避できている。

でも、そんな見え透いた嘘もいつまでも続かない。そのうちクロードにもおかしいと気づかれてしまう。

――何とかして、ペンダントを取り戻さないといけない。

できることなら自分がクロードのために世継ぎを設けてあげたいし、生まれてきた赤ちゃんを愛してあげたい。

三人で幸せな家庭を作りたい……。

でも万一クロードが自分よりもリアンに心が傾き、彼が彼女といたいと望むのなら、リアンを側妃に迎えても構わない。

私は赤ちゃんと一緒であれば、身を引く覚悟もできている……。

「……本当にペンダントを返してくれるの？」

アンジェリカがエリオットを見つめると、彼は何かを企んでいるように目を輝かせた。

「もちろんですよ、王妃様。あなたもこの一週間、狩りの見学だけではつまらないでしょう？　余興を用意しましたよ」

「余興……？」

今までとは違う、やけに丁寧な口調にいやな予感がした。

エリオットは十六歳だが、姉を妄信的に崇拝しているせいか、周りが見えていない。アンジェリカだって、リアンのことは同性として好感は持っているが、エリオットにとっては、姉の恋路を邪魔する敵として認定されてしまっているようだ。

次にエリオットがどんなことを企んでいるのか、内心ドキリとする。

「ほら、これをどうぞ」

彼が差し出した折りたたんである紙切れを恐る恐る手に取った。

「これは……地図？」

アンジェリカが紙を開いて中を見ると、何かの地図が描かれていた。

どうやらこの離宮周辺の森の中の地図のようだ。ここからかなり離れた場所に星印がひとつ付けられている。

するとエリオットが意地の悪い笑みを浮かべた。

「ただペンダントを返すだけじゃ面白くないでしょう。お妃さまのために宝の地図を用意しました。その星印のついている所に、また次の隠し場所に繋がるヒントが書かれた地図があります。どんどんそれを辿っていくと、最後にペンダントを手に入れることができるというわけですよ。隠し場所は全部で七か所。ああ、隠してあるのは土の中とか木の上ということもある。せいぜい頑張って、この一週間で手に入れられるといいですね」

「――ッ」

アンジェリカは思いもよらない展開に泣きそうになった。

クロードとリアンが仲良くペアを組んで狩りを楽しんでいるのに、どうしてこんな意地悪をされないといけないの……。

「――酷(ひど)いわ。返してくれると言ったのに、約束と違うじゃない！」

アンジェリカが抗議するとエリオットがくつくつと笑った。

「結果的に返してあげるんだから約束は破ってない。すんなり返すとでも思った？　姉は敵国でひとりで苦労してきた。その苦しみはこんなことでは果たされないが、せいぜい頑張ってください。――それでは王妃様、ごきげんよう。良い一日を」

最後の言葉だけ、皆に聞こえるように声を上げてにこやかに去っていく。

周りの貴婦人たちはアンジェリカが公爵家の令息とただ和やかに会話を楽しんでいたと

しか思っていないようだ。

「ほほ、エリオット様もどんどん頼もしくなられますわね。陛下とリアン令嬢ペアの狩りの成果をお二人とも楽しみにされているのでしょうね」

「ええ……」

アンジェリカは乾いた笑みの裏で、泣きだしそうになるのを必死で我慢した。

ここでクロードとリアンが親し気に狩りをしているのをただ見ているだけでも辛いのに、今度はたった一人でペンダント捜しをしないといけないのだ。

しかもアンジェリカがペンダント捜しにこっそり抜け出している間は、必然的にクロードは一人となる。きっとエリオットはその間に、リアンとクロードが二人きりになる機会を作るつもりなのだろう。

リアンが敵国で交渉にあたったのも、アンジェリカが仕向けたことではない。それはリアンの意思だ。それなのに、エリオットは勝手にアンジェリカに恨みを抱いているようだ。

でも、あのペンダントがなければ、秘伝の書を見ることができない。あの書のとおりに交わらないと世継ぎを授かることができないのだ。

これまで毎晩のように、二人で同時に鍵を開けて、秘伝の書を紐解いていたことが思い出される。

見たことのない体位に驚きながらも、今夜はどのようにクロードに愛されるのだろうかと思うと、甘い期待で胸が打ち震えていた。

あの書のおかげで、それまでの他人行儀な性交から、ようやく夫婦としてお互いに生まれたままの姿で交わり、肌を重ねて心も通わせ合うことができたのだ。

王でも王妃でもない。純粋な男女の交わりだった。

アンジェリカは、それまでは本当に愛し合うということを知らなかった。きっとあの書がなければ、一生知らないままでいたのかもしれない。

肌に感じる恋しい人の温もり、汗ばんだ肌。クロードに包まれ、クロードを身の内に感じる悦び。吐精の前の、荒々しい腰の動きと男の息遣い。

それらの一つ一つが何よりも大切で、ただ愛おしい。

愛する人の腕の中で目覚める喜びに、幸せな気持ちで一杯に満たされた。クロードの腕の中で朝を迎えるたびに、なんど感動で涙してしまったことだろう。

あのペンダントは、身体だけではなく、私とクロードの心と心を繋ぐ鍵でもある。

一刻も早く見つけ出さなければ……。

幸い狩りは夕方まで続くため、天幕の中の人々は出入り自由で、疲れれば部屋に戻って休むこともできる。

アンジェリカは周りの貴婦人達と和やかに談笑しつつ、頃合いを見計らって天幕をそっと抜け出た。

万が一、クロードが戻ってきた時のために、部屋に戻って少し休むことにしたと言い残す。誰にも怪しまれずに天幕を出られたことにほっとする。

会場の厩には、まだまだ狩猟馬が多く待機していた。疲れた馬を交換するために戻ってくるペアもいるからだ。アンジェリカは顔見知りの馬丁に声を掛けた。

「こんにちは。なんだかずっと天幕で座っていたら身体が凝ってしまって。ちょっとその辺を馬で散歩したいのだけど、鞍をつけてくれる？」

「王妃様、お安いこって。ちょうどいい牝馬がいますよ。大人しい奴が」

馬丁に鞍を調整してもらい、馬に跨った。クロード達の後を追いかけたい気持ちはやまやまだが、ポケットの紙をぎゅっと握りしめる。

空はますますどんよりとして今にも雨が降りそうだ。

クロードたちが早めに狩りを切り上げて戻ってくるかもしれない。早く一枚目の地図を見つけないと……。

「さぁ、王妃様、手綱をどうぞ」

「ありがとう。じゃあ、ちょっと行ってくるわ。今度この辺の風景を絵に描いてみようと思って。下見を兼ねて行ってくるわね」

「あっ、王妃様、お付きの従者を呼んできますのでお待ちくだせぇ」

「いいの、一人でじっくり考えたいから。じゃあね」

アンジェリカはくるりと馬の向きを変え、手綱をぴしゃりと振って走り出す。

ポケットから取り出した地図を広げ、一人で見当をつけながら森の中へと進んでいく。

どうやら狩場とは反対の方にあるようだ。アンジェリカは狩りをする用意はしていないので、狩猟用のボウガンもなにも持っていない。あるのは乗馬用の鞭(むち)だけだ。

この狩猟場には滅多に熊は出ないと聞いているがそれでも一人は怖い。

アンジェリカの気持ちを察したのか、ぶるんと馬が首を振って嘶(いなな)いた。

「そうよね、一人じゃない。お前がいるものね。ありがとう」

アンジェリカはよしよしと馬の首を撫で、馬が一頭通れるか通れないかぐらいの小径(こみち)を進んでいく。しっとりとした森の空気は穏やかで清澄としている。

お天気が良ければ気持ちのいい散歩道のはずだ。

しばらく道なりに進んでいくと、別れ道に出くわしてしまう。

「どうしよう……。地図では左の方だけど、左側は途中から道がないみたい」

でも、エリオットが書いた地図には確かに左の道の方向を進んだ先に印がある。でも草が生い茂っていて地図に記された道がよく分からない。足元を見ると、なんとなく踏みつけられた跡のような獣道があった。

――猟師達の使う獣道かしら？

だが、こんなに細くてうっそうとしていては、馬では進めそうもない。それに万が一、馬が怪我をしてしまったら大変だ。

地図に描かれた印までどれぐらいの距離があるかは分からない。だが、アンジェリカは馬をここにおいて徒歩で先に進むことにした。

「いい子ね。私が戻ってくるまでここで待っていてくれる？」

アンジェリカは手綱をちょうど分岐点の真ん中に生える木の枝に結びつけた。すると牝馬が心配そうに嘶いた。

「ありがとう。私を心配してくれているのね？　でも大丈夫、すぐ戻るから」

馬の首をよしよしと掻いてやると、安心したのか地面に生えている草を食み始めた。アンジェリカは地図に記されている印まで、そう遠くないことを願って歩き始めた。

――エリオットもさすがにそこまで意地悪じゃないわよね？

馬の鞭だけは手に持ったまま、アンジェリカの行く先を阻むように生える小枝を払いながら進んでいく。

空は相変わらずグレーで、どんよりと広がる雲が厚みを増しているようだ。

しだいに心細くなる気持ちを紛らわせようと、故郷の国の歌を口ずさむ。少女の頃によく歌っていた歌だ。

もしも願いが叶うなら、ずっとあなたと二人で共に歩みたい
晴れの日も雨の日も雪降る夜も、あなたがいれば幸せだから
もしも願いが叶うなら、ずっとあなたに恋して生きていきたい
流れる雲も降り注ぐ光も、あなたがいればきっと特別なものになる
時は移ろい過ぎていく
でも、私の心はあなたといつも一緒
あなたは私の光、ただ一つの道しるべ

久しぶりに懐かしい歌を歌って、少しだけ元気が出てきた。

今夜、クロードに聞かせてあげよう。

アンジェリカは自分を奮い立たせるように再び口ずさむ。

だが空は瞬く間にかき曇り、薄墨色へと変わっていく。

いつしかアンジェリカの歌声も、ぽたぽたと木の葉を叩く雨音にかき消されてしまっていた。

＊＊＊

「いったいアンジェリカはどこに行ったんだ‼」

昼を過ぎもうすぐ夕方に差し掛かろうという頃、ぽつぽつと降り出した雨足がさぁ――っと音を立てて勢いを増してきた。

本格的な雨模様になったため、今日の狩りはお開きとなった。

だが、ほんの数時間の狩りでクロードはリアンと二人、鹿二頭、鴨十羽ほどを戦利品として納め、初日としては上々の成績だ。

クロードは使用人らが運んでいった戦利品を見て、格別の満足感を得てほくそ笑む。

きっとアンジェリカに喜んでもらえるだろう。

――早くアンジェリカの顔が見たい。

クロードは昂りを抑えられずに、馬を天幕に向けて走らせる。

だが、既に天幕には殆(ほとん)ど人がおらず、貴婦人やアンジェリカはとうに部屋へと引き上げてしまったらしい。

ぎりぎりまで狩りをして粘っていたのは、クロードとリアンのペアだけだったようだ。

「ふふ、残念ね、王妃様に真っ先に褒めてほしかったのでしょう?」

ほんの少しだけ落胆した表情を見逃さなかったのか、リアンがクスクスと笑いながらクロードを揶揄う。

ポーカーフェイスが得意なクロードではあるが、昔からリアンには本音をすぐに見抜かれてしまっていた。

「うるさい。お前は昔から一言余計なんだ」

「――もう。ご機嫌斜めね。ほら、早く部屋に戻りなさいよ。甘いキスをご褒美に貰えばあなたのその機嫌もすぐに治るというものよ」

クロードとリアンは同い年ではあるが、リアンの方がひと月だけ早く生まれている。そのせいか昔から年上ぶるのがどうにも癪に障る。

「あいにく俺はお前のように単純ではない」

「あん……っ、ちょっとぉっ！」

クロードは手綱をリアンにぽいと投げると、背後で罵るリアンを無視して足早に離宮へと向かって行った。

リアンには見栄を張ったものの、やはりアンジェリカが恋しかった。今夜も寝所でたっぷりと彼女を可愛がりたい。

甘い蜜、甘い啜り泣き、柔らかな肢体、どれもがクロードにとってかけがえのないものだ。

だが、その中でもひときわ、アンジェリカの澄んだ優しい瞳にいつも癒されていた。

彼女と裸で交わるようになってから、ますます彼女への愛情が募っていく。アンジェリカのいない世界など考えられない。

今までどうして彼女とお粗末な性交で我慢できたのか、想像もできないくらいだ。

クロードが離宮の東棟にある王族専用の玄関扉をノックすると、すぐさま内側に両扉が開き、恭しく迎え入れられる。

「クロード陛下、お帰りなさいまし。……おや、王妃様は……？　てっきりご一緒かと」

玄関を入ると、クロード付きの侍従が不思議そうな顔をして出迎えた。

「――？　いや、アンジェリカは先に部屋に戻ったと聞いている」

「おかしいですね。アンジェリカ様はこちらに一度もお戻りになっていません。女官長から天幕で陛下を待っているのだと聞きました」

「そんなはずはない。天幕を見てきたが、残っているのはほぼ使用人で、アンジェリカはいなかった」

クロードは濡れた服はそのままで、急いで階段を上り二人の寝室へと急ぐ。

女官たちは控えているものの、アンジェリカの姿はなく、寝台にも彼女が眠った形跡はない。

「女官長を今すぐ呼べ。皆は手分けしてアンジェリカを捜せ」

クロードの凄み（すごみ）の利いた声に、女官たちは慌ててわらわらと蜘蛛（くも）の子を散らすようにいなくなる。急いで駆けつけた女官長が、クロードの前に跪いた。

「アンジェリカはどこだ？　誰も見ていないのか？」

「は、はい……怖れながらてっきり陛下を天幕でお待ちしているものと思いまして。昨日も狩りでお疲れの陛下を真っ先に出迎えたいと仰っておりましたので……」

「誰もアンジェリカの傍に控えていなかったのかっ。我が妃であるぞっ！」

クロードがものすごい剣幕で女官長を叱りつける。いついかなる時も冷静沈着なクロードの、こんなにも取り乱した姿を今日まで誰も目にしたことがない。

「も、申し訳ございません。王妃様が天幕は人が多いから付き添いは不用だと仰いまして……。それに雨が降る前に女官が確認しましたら、その時は確かに天幕にいたと……」

「馬鹿者っ！　必ず女官か侍従が天幕に控えるように言いつけただろうがっ」

その場にいた女官や侍従らは震えあがった。ものすごい剣幕どころの話ではない。クロードは天地がひっくり返るのではないかと思うほど激昂している。

「いったいどうしたの？　なんの騒ぎ？」

アレン王子やシャルロッテも、この騒動を聞いて駆けつけてきた。たった今離宮に戻ったリアンも、クロードの大声を耳にして、急いで駆け寄ってくる。

リアンは息を切らしながら、クロードに声を掛けた。

「クロード、落ち着いて。もしかしたら不慣れな離宮のどこかで迷子になっているのかも」

「図書室か音楽室にいるかもしれないわ。私、捜してくるっ！」

シャルロッテが勢いよく飛び出していく。

だが戻ってきたシャルロッテは力なく首を振る。次々と戻る侍従や女官たちも、離宮の屋上から地下室に至るまで隈なく捜したが、誰一人、アンジェリカの姿を見つけられずに戻ってきた。

クロードは今までにないほど、肌が騒めきパニックになった。

アンジェリカの姿が神隠しにでもあったように忽然と消えている。

さらに騎士らも投入し、厳戒態勢で離宮内やその周辺を捜索しているが、アンジェリカの姿は未だに見つからない。

見つからないどころか、何の手掛かりもない。

だが、女官の一人がクロードに恐る恐る申し出た。

「あの……、滞在者のお子様が湖で一人で舟遊びをしているアンジェリカ様らしき貴婦人を見たと……」

「うそ……っ、まさかアンジェが……っ」

「ロッティっ」

シャルロッテが倒れそうになったのをアレンがすんでの所で抱きかかえた。そのまま近くのソファーに横たわらせ、女官に介抱を指示している。

誰もが最悪の事態を想定して、顔面蒼白になった。

――まさか、アンジェリカが湖に沈んでしまったというのか？

「馬鹿を言うなっ！　アンジェリカは決して私の傍からいなくならない。私を残してどこにも行かない」

「――兄上っ」

クロードは大雨が降りしきる中、外へ飛び出し湖へと駆けていく。

アンジェリカを失うわけにはいかない。彼女は私の命そのものだ。

「早く、クロードの後を追うのよっ」

リアンやアレン王子が、騎士団を従え、必死になって湖へと走っていった。

雨の降りしきる湖のほとりで、アレンが騎士団を集めて指示を出す。

「船という船を出して湖の底を攫え！」

「で、ですがアレン様、この湖はかなり広く……」

「やるんだっ！」

クロードが真っ先に船に飛び乗ろうとしたとき、厩の方向から一人の騎士が騎馬で駆けつけながら大声を上げた。

「陛下っ！　お待ちくださいっ！　厩の馬丁がアンジェリカ様を見たと……っ」

騎士の後ろには、一人の馬丁がしがみ付いている。

二人はクロードの前で馬から飛び降り、平伏する。

「さぁ、陛下に報告しろっ」

冷たい雨の中、馬丁は寒さも忘れ、クロードの形相にがたがたと震えあがる。

「へ、へい……。お妃様は馬でこの辺を散歩したいと言うので馬に鞍をつけました。その……なんでも絵の構図を一人で考えたいから供はいらないと仰いまして」

「くそっ、それで我が妃を一人で行かせたのかっ」

「も、申し訳ございません……っ。でも大人しい牝馬です。決して王妃様を振り落とすようなことは……。その牝馬が厩に戻っていたので、てっきり王妃様はもうお城の中に戻られたのかと思いまして」

「――なんてことだ」

いったいアンジェリカに何があったのか。アンジェリカも教育を受けた王族だ。戸外で一人で行動するのはいかなる時でも危険があると分かっているはず。

女性が乗馬するときは、通常は従者か騎士が付き従う。だが、今日は大規模な狩りのため、従者や騎士たちは狩りの方に人員を割いて配置していた。

狩りの参加者の安全を優先するため、天幕の方には最小限の騎士しか配備していなかったのは自分の落ち度だ。

「馬丁、アンジェリカはどちらの方向に馬を走らせたっ!?」

「へぇ、確か西の森の方です……」

クロードはこの辺の狩猟場を先日、隈なく下見をして確認していたが、西の森は馬が乗り入れられるほど広い道はない。

もしかしたら何らかの理由で馬から降り、森で迷っているのかもしれない。クロードは騎士が乗ってきた馬に飛び乗ると、素手で手綱を掴む。

「アレン、リアン、私は先にアンジェリカを捜しに行く。西の森、東の森、南の森にそれぞれ騎士団を配置して捜索させろ。アレンとリアンは天幕で捜索の指揮を執れ。それから引き続き、城内と湖の捜索も念のため継続するよう」

「分かったわ、クロードも気を付けて。もう日没が近いからカンテラを持って行って」

クロードはリアンからカンテラを受け取ると、ヤァッ――っと大きな掛け声をあげて西の森へと疾走していった。

だが、その途端、急に雨が季節外れの霙(みぞれ)へと変わっていった。

まるで不吉な前兆のようだ。

クロードを見送る一同の心の中に、底知れぬ不安が冷たい霙のように溜まっていった。

終章　ありのままに

――どうしよう。

かなり雨が勢いを増してきた。

アンジェリカはマントを羽織ってきた自分に喝采を浴びせたくなったが、それでもかなり濡れてしまっている。

ここは一旦、戻った方がよさそうだ。

だが、いま来た道が分からなくなってしまう。

獣道を見失ってしまっていた。足元がぬかるみ、水が溜まって道がなくなってしまっている。しかもますます暗くなって、足元どころか周りの景色さえもよく分からなくなってしまう。

「誰かいませんか――？」

そう叫んでみたものの、返ってくるのはざぁざぁと降りしきる雨音だけ。それに雨が冷たくなってきて手足も冷えきってしまっている。

ひとまず雨宿りができるところを探そう。

アンジェリカは帰り道を探すよりも体力を温存することにした。

だが雨宿りができそうな大きく枝の張り出した木を探しているうちに、ますます深い森の中に迷い込んでしまったようだ。

マントの下のモスリンの乗馬ドレスも、結い上げて念入りにおくれ毛を垂らした髪も、見るも無残にびしょ濡れになってしまう。

ボンネットもいつの間にかどこかで落としてしまっていたらしい。

靴の中や下着にまで雨水が沁み込み、いよいよ身体全体が冷えてきた。水分を含んでいるせいか、ドレスが倍以上に重たく感じる。

しかも暗闇の中をたった一人彷徨っていて、怖い。

木陰に獰猛な動物が潜んでいて、今にもアンジェリカを喰らおうと息を殺して狙っているのではないか。

そんな気配に怯えながら、寒さだけではない震えが身体の中をぶるりと走り抜ける。

「ひぁっ……！」

その時、濡れた地面のせいでアンジェリカは転んでしまう。身体中どこもかしこも泥まみれだ。

「――く、ひっく……」

嗚咽が込み上げてくる。

こんな酷い目に遭っているのも、なにもかも自分のせい。

馬丁のいうとおり、誰か従者をつけてもらえばよかった。

アンジェリカはしゃがみ込んだまま、立ち上がる気力もなかった。

目をぱちぱちさせて涙を払う。そんなことをしなくても雨粒なのか涙なのかも分からないほど、顔の上を流れ落ちていく。

すると、雨が冷たい霙に変わっていった。

「なんてこと……」

容赦なく刺すようにアンジェリカの肌に落ちて流れていく。

ここにいてはいけない。立ち上がってどこかで雨宿りしないと凍えてしまう……。

心ではそう分かっているのに、手足が重くて冷たくて力が入らず、立ち上がることができない。

これはすべて神様の思し召しなのだろうか……。

本当はクロードの王妃には、リアンがなる運命だった。それをどういう訳か神様の手違いでアンジェリカが王妃になってしまった。

そのため、神様はアンジェリカの命を召し上げることで本来の正しい形——クロードとリアンを結びつけるということを望んでいるのではないだろうか。

高原の森の夜は冷える。

いつしか霙が季節外れの重たい雪に変わっていった。

アンジェリカは自分の身体に雪が積もっていくようすを静かに見つめていた。

——私、本当にこのまま天に召されてしまうの……？

もう二度とクロードに会えないのは寂しい。だけど、アンジェリカはクロードからかけがえのないものをたくさん貰っている。

王妃としてはまだ若く、クロードと年が離れているせいで、まだその責務をきちんとこなすこともやっとの状態だった。

でもクロードは誠実で、どんな時も優しくアンジェリカを導き見守ってくれた。ジェレサールの大使にハープを披露した時も、クロードの誇らしげな顔が忘れられない。

二人で過ごした淫らなひとときも……。

彼の温かい心のこもった愛撫はアンジェリカを幸せで満たしてくれた。

生きとし生けるものは、愛なしには生きることができない。

けれど自分は幸運だ。人生という旅路の中で、愛する人を見つけることができたのだから。

アンジェリカは、今、自分の命の灯がゆらめき、消えそうになっているのを感じていた。

ひどい寒さも、びしょ濡れの身体の重さも、アンジェリカの世界から消えてしまったように、なにも存在していないかのようだ。

ただひとつ、アンジェリカが感じているのはクロードの面影、逞しさ。

自分を覗き込む、吸い込まれそうなほど透きとおったどこまでも青い瞳……。

「クロード……」

神様が最後に願いを叶えてくださった。

目の前に、愛するクロードの面影がはっきりと浮かび上がる。

片手でカンテラを持ち上げアンジェリカを照らしながら、焦燥感を滲(にじ)ませた瞳を潤ませている。なぜか今にも泣き出しそうだった。

「──アンジェリカっ！」

森の中に大きな声が響き渡る。

アンジェリカは唐突にクロードに抱きあげられた。彼の汗ばんだ男らしい香りが鼻孔に広がると、懐かしい安堵感に包まれる。

だが、身体には何一つ感覚がない。手足がどこにあるのかさえ、分からない。

自分の身体の上にしんしんと降り積もった雪も、ただ幻想を見ているかのようだった。

「アンジェ、僕のアンジェリカ、僕の世界からいなくならないでくれ」

クロードがひしとアンジェリカを腕の中に包み込んだ。顔中に彼のキスの雨が降る。

もしこれが人生最後の夢であるならば、神様は残酷だ。

クロードの温もりが、鼓動が、アンジェリカにこのままクロードと共に人生を歩みたいという未練を残させる。

私がこのままいなくなれば、神様は元通り、リアンをクロードのお妃さまに出来るというのに。

「ああ、愛している。君がいないと生きていけない。君が行方不明になった時は、気が狂いそうだった」

身体がぐいと引き上がる。近くで馬がひひんと嘶(いなな)いた。

——これは夢ではないの？

「く……ろど……」

「しぃ……っ、アンジェリカ、君を死なせたりしない。大丈夫だ。安心して僕の腕の中にいて」

アンジェリカはクロードの震える声音にハッとした。目の前のクロードは、アンジェリカを二度と離さないように抱きしめながら、涙を流していた。

どんなときも誠実で、ひたむきなクロード。

彼は何事も諦めずに粘り強く困難に立ち向かう。きっとこの森の中を諦めずに捜し回ってくれたに違いない。

——わたし、なんて愚かだったの……。

いつの間にか馬上にいて、クロードの胸の中にしっかりと包まれる。

どくどくという力強い鼓動が耳に心に響き、アンジェリカは生きたいと願った。

命を軽んじ、簡単に生きることを諦めてしまった自分に腹が立つ。

なにより、自分はリアンよりも劣ると勝手に思い込み、このまま死んでもいいと思ってしまったなんて、それはクロードへの信頼の裏切りに他ならない。

自分はクロードの隣にいたいのではなかったの？

寒くても凍えても、びしょ濡れで泥にまみれても、気持ちを奮い立たせて立ち上がるべきだった。なんとしても城に帰れるように、あがくべきだった。

死んでしまえば、二度とクロードの微笑みや、柔らかな声、その温もりを感じることもできない。

なにより、彼の愛撫で幸せに震えることもできないのだ。

アンジェリカは逞しい胸に力の限りぎゅっとしがみ付いた。

私はクロードを愛している。クロードを離したくない。

お粗末な妃であっても、クロードの隣でずっとずっと歩んでいきたい。

リアンのようにそつなく完璧に物事をこなすことはできないけれど、クロードを愛する気持ちだけは誰にも負けない。

リアンに叶うはずがないと、簡単に諦めてしまった自分が許せない。

——神様、お願いです。

もしかしたらリアンが王妃となる運命だったのかもしれません。でも、人生のすべてを懸けて、クロードを支えられるように頑張ります。

どうかクロードと共にいることをお許しください。

アンジェリカはクロードの腕の中で安らぎに包まれながら、微睡むようにその瞳をゆっくり閉じた。

＊＊＊

ぱちぱちと薪の爆ぜる心地いい音に、アンジェリカがふと目を覚ます。

ここは……どこ？

ゆっくりと視線を上げると、丸太を積み上げたがっしりとした壁が目の前にある。

もしかして、どこかの山小屋かしら？　それにしては、室内は広々としている。

仄かに鼻をくすぐる清潔なシーツの香りが心地いい。

アンジェリカはどうやら寝台の上に横たわっているようだった。

すぐ側には、あかあかと炎を揺らめかせている暖炉がある。石造りの炉棚の上には、なんとも立派な一対の鹿の角が飾られており、床には毛皮の敷物が敷き詰められていた。

ここは森の中の狩猟小屋のようだった。

窓の外は夜の帳が降りており、ときおり風がガタガタと窓を震わせている。煌々と燃える暖炉のすぐ前には、アンジェリカの濡れた乗馬服が広げてあった。

——そうだ。私、森で迷子になって凍えてしまったんだわ……。

いったいどれぐらい気を失っていたのだろう……。

だが、今は寒さなど微塵も感じないほどの温かさに包まれていた。背後から自分を包み込んでいるのは、たぶんクロードだ。

背中もお尻もつま先までも、アンジェリカの素肌はぴったりと、クロードの熱い肌と重なり合っていた。

まるで大切な宝物を包み込んでいるようだ。

いや、違う。クロードは捕らえた獲物を逃がさないかのように、アンジェリカをしっかりと抱き込んでいる。

彼の生々しい肌ざわりから察するに、どうやら二人とも何も身に着けていないようだ。アンジェリカの泥まみれで、びしょ濡れだった身体も、魔法でもかけられたかのように綺麗さっぱりしている。

暖炉には鍋がかけられシュウシュウと湯気を立てていた。

クロードが湯を沸かし、自分の身体を拭いて汚れを落としてくれたのだろう。

髪の毛だけは、まだ僅かにしっとりと濡れている。

そんなアンジェリカを暖炉の方に寄せ、冷えないように後ろからも温めてくれている。

クロードの優しい気遣いに、アンジェリカはまた胸が熱くなった。

背後からは、すやすやと規則的な寝息が聞こえてくる。時刻は真夜中のせいかクロードも眠りについているらしい。

アンジェリカはクロードを起こさないようにゆっくりと身体を回し、向かい合う態勢になった。

目の前の端正な寝顔にうっとりする。

――ああ、やっぱりクロードが好き。

彼をリアンに渡すことなど到底できそうにない。

こんなにも彼への想いが溢れて切ないぐらいだ。

アンジェリカは、このままずっと愛してやまないクロードの顔を眺めていたかった。

彼は自分も森の中で道に迷う危険があったというのに、命がけで私を助けに来てくれたのだ。広い森の中で私の居場所なんて、どこにいるのかさえ見当もつかなかったはずなのに。

アンジェリカもなんの手がかりも残していなかった。まさか離宮の傍にある森がこんなにも深いとは思ってもみなかった。

きっとクロードは、森の中を幾度も彷徨いながら、決して諦めることなく自分を捜し、そして見つけ出してくれたのだろう。

それは奇跡でも何でもない。

ひとえにクロードの決して諦めない信念からだ。

敵国だったジェレサールにも粘り強く交渉を行い、そしてついには和平を勝ち取った。それはクロードの、不撓不屈の精神のなせる技だ。

彼は決して希望を捨てたりしない。

アンジェリカの命は、クロードのおかげで救われたのだ。

だから自分も、志を強く持ってクロードについて行こう。

だが、ペンダントは見つかってない。それはひとえにアンジェリカに失くした責任がある。自分が毅然とエリオットに対処しなかったせいで、彼に弱みとして付け込まれてしまった。

エリオットには事情を話し、王妃として毅然とした態度でペンダントを取り戻そう。

彼は、ただ姉想いなだけだ。

でも自分だってクロードを愛する気持ちは、リアンにも負けはしない。

真摯にこの想いを打ち明ければ、エリオットだってきっと分かってくれる。

もちろん、クロードにもペンダントを失くしてしまったことを正直に話さなければならない。

彼が信頼して預けてくれた大事な鍵。それを失くしてしまうという、王妃としてあるまじき失態を冒してしまった。

その責任感のなさに彼を呆れさせ、落胆させてしまうことがアンジェリカ自身も何よりも辛い。

でも、正直に話さなければなにも始まらない。

今のアンジェリカは一からクロードへの信頼を積み上げて行かないといけないのだ。

陰でエリオットの言いなりになり、ペンダントを秘密裏に取り戻そうとした自分に罪がある。そのせいで、クロードまで危険な目に合わせてしまったのだもの。

「ごめんなさい、クロード……」

アンジェリカは心から呟いた。

もし目が覚めたら、きちんとコトの経緯を話さなければ。

アンジェリカの目の前で、すやすやと寝息を立てるクロードはまるで少年のようだった。

額から流れ落ちる黒髪は、まだ水分を含んでかなり濡れている。自分よりもアンジェリカの方を気遣って拭いてくれたのだろう。

そんな優しいクロードだからこそ、アンジェリカはずっと彼とともに人生を歩んでいきたかった。

「大好き……」

無防備に眠っているクロードは、アンジェリカの心を鷲掴むほど端正で、そして艶めかしい。

長い睫毛が頬に影を落としている。眠っているだけなのに、こんなに艶めいているクロードの姿を目にすることができるのは、自分だけなのだと思うとなんだか嬉しい。

ふと、アンジェリカはクロードの全てを見たくなった。

いつもはアンジェリカの方が、否応なく恥ずかしい部分を見られてしまっているからだ。こと細かい部分にいたるまで、クロードに眺めまわされているのだが、こんな機会は滅多にない。

「クロード……さま?」

アンジェリカは小声でクロードに囁いた。よほど疲れているのか、アンジェリカを見つけた安心からなのか、ぐっすり眠っているようで目を覚ます気配がない。

暖炉が煌々と燃えているせいか、少しだけ暑そうだった。

アンジェリカはクロードの肩にかかっている上掛けをそうっと滑り落とした。ほんの少しだけ上掛けをずらそうとしたのに、思いのほかするりと滑り落ちてしまい、逞しい裸身が露になってしまう。

まるで天上の神が地上に舞い降り、うたた寝をしているかのように蠱惑的だ。

アンジェリカはクロードの体躯を余すところなく視線を走らせた。

淑女としてあるまじき行為だが、こんな機会でもなければクロードをじっくり観察することなどできない。

アンジェリカの秘かな企みも知らず、クロードは規則的な寝息を立て、変わらずアンジェリカのほっそりした体をしっかりと抱きこんだままだ。

無意識に自分への想いが現れているようで、幸せな気持ちになる。

クロードも私を愛してくれているの……？

少しだけ肩に触れて自分を包み込む腕をどかそうと試みる。

だが、ビクともしない。腕の中から手放す気はなさそうだ。

アンジェリカの胸がきゅんと高鳴った。それがクロードの本心であると思いたい。

――でも本当によく眠っている。

いつもクロードと交わった時は、アンジェリカのほうが先に意識を失い、そのまま朝まで眠り込んでしまっていた。

だがアンジェリカがぐっすり寝ている時も、クロードは乳房を揉みしだいたり、花びらを蕩かせたり、淫らな愛撫をしかけてきた。そのせいで再び目が覚めてしまい、彼の底なしの精力の餌食(えじき)となってしまっていた。

アンジェリカの中にふいに悪戯心が芽生え始める。

同じことをクロードにしてみたらどうなのだろう?

私が試したら目が覚めてしまうかしら?

いえ、寝ている間に、彼を気持ちよくさせてあげられるかもしれない。

アンジェリカは悪戯(いたずら)っ子のように瞳を煌めかせた。

まじまじとクロードを見ると、本当に素晴らしい体つきだ。

呼吸に合わせて規則正しく上下する隆起した胸の筋肉。美しい彫刻のような鍛えられた肢体。

夜着のまま交わっていたときには、想像だにできなかった。

顔をそっと近づけると、少しだけ汗ばんだような男らしい匂いも漂い、くらくらした。

喉が渇いている時に、強いお酒を呑んでしまったときみたい。

それでもお酒好きな人ならその味を味わわずにはいられないだろう。

クロードという美酒に憑りつかれたかのように、アンジェリカは目の前の逞しい胸に唇を寄せた。

ちゅ、ちゅっと可愛らしい水音を立てて、クロードの張りのある皮膚の感触を唇に味わう。見た目はとても硬そうなのに、意外にも弾力があって肌触りはなめした革のように滑らかだ。

金の砂をまぶしたようなクロードの肌は、まるで極上のヴェルヴェットだ。

アンジェリカは、その感触にうっとりした。

何度も啄(ついば)みながらその肌触りに浸っていると、ひとりでに片方の手がクロードに吸い寄せられる。

首元から鎖骨、なだらかな胸の筋肉の稜線(りょうせん)を指先で確かめながら、なぞり下りていく。

平らで引き締まった腹部の下にある腹筋は、見事にいくつにも隆起していて、クロードの逞しい体軀をこれでもかと見せつけている。

だが、その下に目線を這わせたとき、アンジェリカははっとして息を呑んだ。

脚の間の黒い繁(しげ)みに、ずっしりと横たわるものがある。

うっかり指先で、硬い筒状の先に触れてアンジェリカはびっくりして手を止めた。

クロードの長さのある屹立がびくんと動いてそり返り、熱く脈打ちはじめる。

「アンジェ、いけない子だね」

クロードは片目をぱちりと開けた。

「ひゃんっ」

驚いて身を引こうとしたアンジェリカを有無を言わさず、ぎゅうっとその腕の中に抱きしめる。

「――ああ、僕のアンジェだ……。この柔らかな身体も匂い立つような甘い香りも、全部僕の記憶しているアンジェリカだ……」

「クロードさま……」

「アンジェリカが生きていてよかった。君が湖に沈んでしまったのではないかと思って気が狂いそうだった。君が森で獣に喰われたのかもしれないと思って、生きた心地がしなかった。君なしでは生きていけない。アンジェ、もう僕の前からいなくならないでくれ……」

クロードが逞しい腕の中にアンジェリカを閉じ込める。

息ができないくらい、苦しいほどに。

「そうだな……。いっそのこと、一生、君を僕の寝室に閉じ込めておこうか」

まるで本気のようなクロードの声音にゾクっとする。

目が笑っていない……。

「あの、クロード様、心配かけてごめんなさい。どうして私があの森にいると分かったの？」

「狩りから戻るとアンジェリカの姿が忽然と消えていた。皆で離宮中を隈なく捜したが見つからなかった。そのうちアンジェリカによく似た貴婦人が、湖で舟遊びをしていたという情報が入ってね」

「――っ、じゃあ……」

「最悪の事態を想定して湖の底も攫った。だが、僕は絶対アンジェリカは生きていると思った。君が僕の前から黙っていなくなるはずないからね。そんなこと、僕が許さない」

口元に笑みを浮かべ、すっと眼差しを細めたクロードが怖い。なんだかとてつもなく執着されているのは気のせいだろうか。

「だが、馬丁から君が散歩に行くと言って西の森の方向に馬を走らせたと聞いたんだ。あいにく雨だったから猟犬も放てない。でも行ってみると森の中の分かれ道に君のボンネットが落ちていた。だからそう遠くないところにいると思った」

「でも……、あのうっそうとした森で私の姿など見えなかったでしょうに……」

「ああ、僕は狩りに行く時は必ず方位磁針を持っているんだよ。分かれ道から一度ずつ隈なく君を捜し歩いた。霙が降ってそのうち雪になったから、思いのほか時間がかかってしまった。晴れていればアンジェの匂いだけで、おおよその見当はつけられるのだが……」

「え……？」

――匂いでなんて、冗談よね？　猟犬じゃあるまいし。

アンジェリカは顔を引きつらせた。

「でも、なぜ一人で森に行ったんだい？」

その問いにアンジェリカは思わず俯いた。

話さなければ……いけない。自分の失態も何もかも。

「クロード、ごめんなさい。全部嘘だったの……」

「嘘？　——どういうこと？」

「今日の狩りのこと……。私、本当は頭痛なんかなかったの。リアンとクロードの二人を狩りのペアにするために、エリオットと仕組んで仮病を使って見学したの」

クロードは不思議そうにアンジェリカを見つめた。

「なぜそんなことを？」

アンジェリカは躊躇した。いよいよ大事なことを話さなければいけない。クロードに愛想をつかされるかもしれないと思うと、怖かった。

「私……クロードから預かった大事な秘伝の書の鍵のペンダントを失くしてしまったんです。散歩の時に庭園で落としたようで、どんなに捜しても見つからなかったの。でも、エリオットに拾われて……」

「エリオットって、リアンの弟のエリオット・レオナルディのこと？」

「はい、それでエリオットから鍵を返してもらう交換条件として、リアンとクロードを狩りでペアにするように要求されて……その条件を呑んでしまったの。大切な鍵をクロードに気づかれないうちに取り戻そうとして。私はどうしてもクロードとあの秘伝の書のとおりに交わりを続けたかった。リアンではなく、私がクロードの世継ぎを生みたかったの。

全ては私の浅はかな考えのせいです。あなたを危険な目にあわせてごめんなさい……」

クロードはあっけに取られた様子で、アンジェリカを見下ろしている。

やっぱり呆れられてしまったのだろうか。

「――アンジェ。悪いが君の言っている意味がよく分からないんだが。なぜエリオットは僕とリアンを狩りのペアにさせようとしたんだ？　僕とリアンが勝つよう大金でも賭けたのか？」

「ち、ちがいます……。エリオットは姉想いなんです。リアンはクロードのために、単身、敵国に渡って和平締結のために尽力してきました。でもリアンが不在の間に、クロードは私を妃に迎えてしまったでしょう？」

「たしかにその通りだが……」

「私が嫁がなければ、クロードはリアンを妃に迎えていたかもしれないとエリオットから聞きました。でも、リアンはクロードを愛している。だからエリオットは姉の気持ちを叶えるために私に交換条件を出したんです。クロードがリアンを愛するように。政務以外でもリアンと一緒に過ごせば、クロードの心がリアンに傾くと思って、それで目障りな私をクロードから引き離そうとしたんです……！」

クロードは信じられないという顔でかぶりを振った。

混乱して冷静ではいられないようだ。

それもそうだろう。

アンジェリカが大切な鍵をなくしたことはおろか、アンジェリカの本意ではないにしろ、裏でクロードを罠に嵌めるようなことをエリオットと画策していたのだ。

「アンジェリカ――、その、君の話に衝撃を受けた」

「ごっ、ごめんなさい。リアンがクロードのことを愛しているというのは私も気が付いていたの。でも、私もクロードが好き。だから、あの鍵のペンダントをエリオットから取り返して、クロードと秘伝の書のとおりに交わりたかったの。もちろん、私がリアンには叶わないことも知っている。リアンの方が王妃として相応しいことも分かっている。でも、クロードを誰よりも愛しているから、だからクロードとの間にどうしても赤ちゃんが欲しかったの……っ」

いつの間にか思い余って涙まで溢れていた。

口の中に涙のほろ苦い味が滲んで広がった。

アンジェリカはこれ以上涙を零さないよう、ぎゅっと目を閉じる。それでも目頭が熱くなるのを止められなかった。

嗚咽まで込み上げてくるが、クロードが声も出せずに呆れ果てているのが分かる。

離縁されてしまうかもしれない。

「――アンジェ、いい子だ。目を開けて」

「んっ……」

クロードがアンジェリカの眦にキスをして、流した涙を吸い取っている。そのまま瞼や鼻梁、そして最後に唇を柔らかく食んだ。

重なった唇がクロードの熱い体温を伝えてくる。瞬間、アンジェリカの身体に甘いさざ波が打ち寄せた。

優しいのに男らしい蕩けるようなキスに、官能が目覚めてどうにかなってしまいそうなほどだ。

「んぁ……、クロード……」

「落ち着いた？」

クロードは吐息が吹きかかるぐらいの距離まで唇を離して、アンジェリカを見下ろした。その瞳は、今にも笑い出しそうなほど、可笑しそうに揺れている。

アンジェリカは、訳が分からず目を瞬いた。

「アンジェ、君もエリオットも誤解している。第一にリアンは僕のことを愛してなどいない。これだけははっきりしている。僕にとってもリアンは友人以外の何者でもない。ああ、あとは信頼できる臣下というだけだ。それは明日にでも離宮に戻ったらリアン本人からも聞くといい。だけどリアンにそんなことを言ったら吹き出すだろうな」

「――でも……」

「リアンには込み入った事情があるんだ。僕からは話せないが、彼女は自分の信念に従って行動している。僕も彼女を尊敬しているし、信頼もしている。だが、愛してはいない。もちろん彼女もしかりだ。僕を信じてほしい。明日、リアンからも真実を話させる」

アンジェリカは、それはクロードの思い過ごしで、リアンは巧みに自分の恋心をクロードに悟られないようにしているのではないかと思った。

けれど、クロードの言葉を信じよう。

アンジェリカはこくりと頷いた。

「それにアンジェ。その、秘伝の書のことだが、正直、僕にとってはあの書があろうとなかろうと、今となってはどうでもいい」

「――っ、どうでもいいってどういうこと？　もう秘伝の書はいらないの？　私とはもう交わらなくていいということ？」

蒼白になったアンジェリカを見つめて、またもやクロードは眦を緩めた。

「僕の可愛いアンジェは、色々早とちりで見ていて飽きない。まるで小動物みたいだな」

とうとうアンジェリカが泣きそうになった気配を感じ、クロードは慌てて付けたした。

「アンジェリカ、僕は秘伝の書などなくても君を愛するということだよ。僕もずっと君に隠していたことがあるんだ。聞いてくれる？」

「隠していたこと？」

アンジェリカが頷くと、クロードはほっとした顔になった。

「実は我が王家では、子が生まれると神託を受ける習わしがある。僕が受けた神託は、自分の欲を露にすると大事な人が目の前から消え去ってしまう、というものだ。だからずっと自分の欲望を抑えて生きてきた。その、男の生理現象である性欲さえも必要最小限に抑えてきた。アンジェリカとの閨も、欲望を限界まで我慢して、手淫で素早く自分を昂らせて、ただ子種だけをアンジェリカの中に放つという酷いことをした。己の欲望を露にしてアンジェリカを抱いたら君が死んでしまうと思ったからだ。命よりも大切な君を失いたくなかったからなんだ」

「え……？」

俄かには信じがたいが、クロードは神託のせいであのような交わりをしていたということ？

「君が処女だったことにつけこんで、ある意味、子作りとはそういうものだと信じ込ませた。だが、私もマヌケにも神託を信じていたのだが、なんと祖父も父も、弟のアレンも同じ神託を受けていた」

「……どういうことですか？」

「――つまり、王家に誰が生まれても神託は同じ内容だった。滑稽（こっけい）だろう？　僕はそれを馬鹿正直に信じて、両親が亡くなって以来、必死になって欲望を抑えてきたというのに」

クロードは自嘲気味に笑った。

「そして今度は新たな神託だ。だから僕はもう神託など信じない。だが、アンジェ。あの秘伝の書のとおりに交われば、君に淫らなことができる。僕は敢えてそれを利用したんだ。アンジェリカ、君を手放したくなかったから」

今度はアンジェリカが目を丸くした。

「僕と君は結婚以来、ずっと服を着たまま交わっていた。だが、突然僕が欲望を露に君を抱けば、きっと嫌われてしまうのではないかと思った。だからあの神託を利用して君を抱けば、きっと君は拒めないと思ったんだ」

「――でも、でも、世継ぎは？　神託では世継ぎを授からないと国に災いが降りかかると……」

「アンジェリカ、僕はもう神託を信じないし、神託に振り回されたくはない。改めて君と生まれたままの姿で交わって、今までなんて愚かにも神託を莫迦みたく信じていたのだろうと思ったよ。アンジェリカと生まれたままの姿で愛を交わすことほど、素晴らしいものはない。世継ぎもアンジェリカと愛し合っていればいつかきっと授かることができる。それに国に災いが降りかかったとしても、僕が全力で回避する。臣民をみすみす見殺しになどしない。僕には命を賭して国を守りぬく信念がある」

「クロード……わたし、わたし……」

クロードの指先がアンジェリカの唇に押しあたり、その先の言葉を優しく押しとめる。

「だからもう、秘伝の書など要らない。アンジェリカ、今まで隠していてごめん。秘伝の書などなくても、僕たちは愛し合える。心のまま、思うまま愛し合えばいい。君を心から愛している――」

二人は見つめ合った。

暖炉の炎に照らされたクロードの青い瞳はとても深く澄んで吸い込まれそうだ。

クロードの手がアンジェリカの頬を包んでゆっくりと顔を寄せてくる。

「可愛い、愛しいアンジェ」

アンジェリカが目を瞑ると、熱い想いの籠った唇が重なった。気持ちを伝えるように、ちゅっ、ちゅっと優しく吸い上げられる。

心臓がどきどきする。

今から彼と秘伝の書に書いてあるとおりにではない。生まれたままの姿で、初めてクロードと思うまま愛し合うのだ。

そう思っただけで、アンジェリカの身体の芯が熱く疼いてきた。

これまでも秘伝の書を見るたびに、身体から官能の熱が湧き上がってきた。けれどこの熱は今までとは全く違う。

純粋にクロードと愛し合うという、心の奥底から込み上げる純然たる熱だ。

今までより苛烈で、そしてこの上なく甘く狂おしい。

自分の身体が、心が、本能が彼を求めている。

そしてクロードも同じなのだと、彼の熱っぽい眼差しからも伝わってくる。

「アンジェリカ、僕を見て。今から君を抱く。僕の思うまま……君を貪りたい。アンジェリカも思うままたっぷり乱れてごらん。ここには誰もいない。扉の外を守る騎士も、隣室で控える女官も。僕と君の二人きりだ」

「はい……」

「ん、いい子」

嬉しそうな声で今度はクロードが唇を深く重ねてきた。

二人の舌がねっとりと淫らに絡み合う。舌先、舌のひら、そして舌の根元まで貪り尽くすようにクロードは口づけを深めてくる。

ぴちゃぴちゃという淫蕩(いんとう)な口づけの水音が響くたび、アンジェリカは早くも頭がぽうっとなる。

今までのどんな口づけよりも熱情的で、脚の間がずきずきして疼くことこの上ない。

「ふ……アンジェ、可愛い。口づけだけで達してしまいそうな顔をしている」

くすりとクロードが微笑んだ。そのあと、すぐに目をすっと細めたクロードにどきんとする。彼がこんな仕草をするときは、とてつもなく淫らなことを考えている時だ。

「おいで」

「んぁ……っ」

クロードの身体にぴったりと包まれた。

お互いに生まれたまま、ありのままの姿で触れ合っている。

滑らかな肌の心地よさに、思わずほうっと溜息が零れた。

互いの温もりが伝わり、抱き合っているだけで一つに溶け合ってしまいそうだ。

硬い身体に押し付けられ、自分の身体の柔らかさを思い知る。

クロードは飢えた獣のように口づけながら、アンジェリカの滑らかな肢体をその逞しい体軀で弄（まさぐ）った。互いの身体を淫らに絡ませて、寝台の上を転げまわる。

そうして蕩けるような口づけに没頭する。

クロードはしばしアンジェリカの口内を味わうと、身体をずらして、耳朶やほっそりした首、そして乳房へと唇を這わせていく。

なんだか擽ったい。でも気持ちがいい。

その度にアンジェリカは堪えきれずに、啜り泣きを漏らしてしまう。

「もう、こんなにツンと尖って可愛い」

両手でたっぷりした乳房を掬いあげられ、快感で窄まった蕾を口の中に含み入れられる。

「あ……、あぁっ……」

濡れた舌先で小さな突起を転がすように、ゆっくりと嬲られる。

くすぐったいのに、それでいてどんどん熱が高まり身体が官能に染まっていく。

たくみな愛撫はえもいわれぬほどに甘く、それでいて肌を灼くようないい知れぬ焦燥感が込み上げてきた。

「アンジェの身体はどこもかしこも甘い」

「あ……あぁんっ」

胸の先から蕩け出しそうな刺激が生まれて、アンジェリカは無意識に腰をくねらせた。

どうしてこんなにも感じやすい身体になってしまったのだろう。

全身が暖炉の火のように熱く燃え上がり、泉が溢れるように脚の間がしとどに濡れそぼっていく。

「極上の舌触りだ」

クロードの睦言にも、いちいち感じ入って甘くすすり泣いてしまう。

肌のきめ細かさを味わうように、乳房、へこんだお腹の上、そして臍の窪みへと唇を泳がせる。ざらりとした舌先が触れた肉体のいたるところから、新たな快感が突き上げてきた。頭がくらくらする。

アンジェリカを翻弄させる疼きはちっとも治まる気配がない。それはかりかますます大きくなって、身体中にじくじくした火種を灯していく。

「ふぁ、あぁぁ……んッ」

唇が薄い茂みを掠めた瞬間、アンジェリカは快楽に甘い呻き声を漏らす。脚の付け根が潤い、今まで感じたことがないほどずきずきと熱く疼いている。

「うーん、アンジェリカからすごくいやらしい香りがする。雄を狂わせる香りだな」

「そんな……。は、恥ずかしい……です」

「今宵は恥ずかしがることはない。どこを可愛がってほしいか言ってごらん？」

ふっと茂みに吐息が吹きかかる。

瞬間、アンジェリカは身体をぞわりと戦慄かせた。

花びらの奥が燃えるように熱い。じんじんしてそこに触れられたがっている。

「ほら、どこがいいのかな？」

なおもクロードがふぅと熱く湿った吐息を吹きかける。

「あ……やぁ、そこ……そこに……」

「ここをどうしてほしい？　指で触るのがいいの？　それとも僕の舌がいい？」

アンジェリカは泣きそうになった。

もうクロードにはしたないと思われても構わない。今すぐ舌でたっぷりと可愛がって欲しい。

「あ……、舌で、いっぱい舐めて……ください」

「おりこうさん、ご褒美をあげるよ」

クロードが両脚を大きく開く。すでに花園は、たっぷりと蜜で潤っていた。まるでクロードに吸い取られるのを待ち焦がれているように。

「ああ、蜜が朝露のように滴って綺麗だ。もっと奥までよく見せて」

指で捲り上げるように花襞を左右に剝かれ、アンジェリカの大切な部分が無防備に晒される。

クロードは濡れて艶めく花園をじっくりと観察するように眺めると、恍惚の表情を浮かび上がらせた。

蜜口がひくひくと戦慄き、その度にとろとろと蜜液が滴り落ちていく。

――見られただけなのに感じてしまう。

「ああ……なんて素敵なんだ。天に咲く可憐な花。僕だけの芳しい花だ」

「やぁ……みないで……」

力が抜けきってしまって、脚を閉じることもできない。中心の小さな芽が、じくじくと燃えるように疼いてくる。

「見られて感じた？　愛らしい芽が尖って飛び出している」

「ああ、クロード……、はやく……」

もう我慢できない。このまま視姦されていては、頭がおかしくなってしまいそうだ。

「こらえ性のないアンジェリカも可愛いよ」

顔がゆっくりと寄せられ、長い舌が肉の襞に伸ばされる。愛液の溢れる蜜口から、ねっとりと淫唇を剥くように上に向かって舐め上げられた。

「ひぁぁあ――ん……っ」

アンジェリカの目の前を星がきらきらと瞬く。

散々焦らされたあとだっただけに、その反動も大きかった。

一瞬で、絶頂に達してしまう。

「ああ、アンジェ、もうイってしまったの？　まだ君のココを可愛がりきれていないというのに」

クロードがクックと可笑しそうに笑う。

アンジェリカは、恍惚の余韻でひくひくと身体を震わせるだけで精いっぱいだ。

なのにクロードがまた割れ目の中をぞろりと舐め上げる。

「は……あ……あ……ッ」

背が弓なりにしなり、まともに声も出せない。とっくに思考など停止してしまっている。

伸ばされた舌で、襞の中を余すところなく、ほじくるように舐められるのが堪らなく気持ちがいい。

舌が生き物のように蠢いて、アンジェリカの蜜を啜り、花びらの中を縦横無尽に這いまわる。

蕩けるような甘い刺激が全身に広がり、やがて毒のように身体中を侵食する。アンジェリカはシーツを鷲掴み、必死になって身体の奥深くまで蝕む快楽に身悶えた。

乳房が淫らに揺れるのも構わずに、いやいやと顔を左右に振るう。

だけどやめて欲しくなんかない。

もっともっと奥まで舐め溶かしてほしい。

淫核が物欲しげにヒクヒクと震え、濃艶な芳香を放っている。

「はぁ……なんて可愛い。ココも食べてしまいたいほどだ」

「ひぁ……あ……やぁ……っ」

クロードはアンジェリカの禁断の果実に向かって舌を伸ばした。甘く熟れ、焦らされて限界まで疼きが高まった敏感な肉粒はひとたまりもなかった。

女を官能の奈落に突き落とす、悪魔の触手のような舌が触れ、剝き出しの突起にぬるりと絡みつく。

一瞬で快楽に堕ちた。

狂おしい快感に襲われ、たちまち手足から力が抜けていく。

まるで全身をクロードの舌に絡めとられてしまったみたい。

皮から飛び出して赤く熟れた淫芽をぬるぬると舐め蕩かし、しゃぶり上げている。

じゅるじゅると身体中を吸い上げられる感覚に、アンジェリカは啜り泣きを漏らしながら高みへと上り、意識が遠のきそうになる。それでも本能に抗えない。

「もっと、ぐちゃぐちゃに、舐めて……」

卑猥にも自分から彼に下半身を突き出すようにして脚を広げたまま、快感に咽び泣いた。

恥ずかしい所もなにもかも、全てをクロードに晒け出して可愛がられている。

彼に愛でられ、快楽の扉を開かれる悦びに打ち震える。

生まれたままの自分を愛でられるのは、なんて素晴らしいことなのだろう。

快感と感動が溢れて、啜り泣きが止まらない。

「よしよし、こんなに感じて……もっと虐（いじ）めたくなる」

蜜壺の中に指を入れられ、内側からもぐちゅぐちゅと余すところなく掻き回された。それだけでも甘苦しい。

なのに、口の中で秘玉を優しく転がされて、アンジェリカは腰をがくがくとのたうたせた。胎の奥にずきんずきんと熱がたまり、おびただしい愛液が溢れて止まらない。

もう、もう、これ以上は正気ではいられない――。

「ふぁ……、くろ……ど、も、欲しい……の」

「アンジェ、ああ……僕ももう挿れたくて堪らない。アンジェリカのいやらしい襞で僕をぎゅっと包み込んで」

「ひぁぁ……あぁ……っ」

硬く張り出したクロードの雄が、切羽詰まったように蜜壺の奥へと入り込んでいく。

十分すぎるほど濡れていても、硬くて長大な肉竿をひと思いに根元まで挿入されては、たまったものではない。

アンジェリカは身体をぶるぶると戦慄かせ、怒張が胎内に収まっていく感触に身悶えた。

まるでこの身をクロードに貫かれてしまったよう。

その質量に、腰骨が砕けて溶けてしまいそうになる。

なのに蜜壺はクロードを呑み込んで、愛液を迸らせながら逞しい竿をぎゅっと締めつけている。

クロードの口からも、快感に震えるような吐息が零れた。

だが、彼も限界だったのだろう。

すぐに長い肉棒をずるりと引き抜いては、蜜洞の奥を捏ねるように突き入れる。全体を揺さぶるように、大胆なストロークが開始される。

背中がぞくぞくして、身体がバラバラになりそうなほどの快楽に全身が粟立った。

「可愛い……、このまま永遠にアンジェリカを味わいたい」

「う、やぁ……、そこ、奥にあたって……」

「ああ、まだ奥をたっぷり可愛がっていなかったね」

「ちが……んっ、ああっ、やぁぁ――……」

クロードはアンジェリカの脚をさらに開くと、腰を回し入れるように力強く奥を突いた。太茎の先端がごりごりと子宮口を擦り上げていく。

クロードの張り出した嵩の部分が、ちょうど敏感に感じる媚肉を刺激する。アンジェリカはこれまでに味わったことのない法悦を我慢できずに髪を振り乱して惑乱した。

蜜壺がきゅうきゅうとクロードを締め上げる。するとその卑猥な形を蜜洞の中にはっきりと感じてしまい、快感で腰がまるで煮崩れそうになる。

こんなに太くて逞しい男根で、内側からも可愛がられ愛されている。

以前はたった一瞬の挿入で、子種を注がれるだけだった。

でも、互いに快感を分かち合い、ありのままに淫らに愛し合えることは、なんて極上の幸せなのだろう。

お互いのもっとも大切な部分をひとつに溶け合わせ、愛を確かめ合っているのだ。

クロードは長い肉竿の美徳を生かして、アンジェリカの蜜奥までたっぷりと抜き差しする。抜けていく雄肉を離すまいと媚肉が縋るようにしがみつく。

肉竿を奥まで埋められるたび、アンジェリカの心も身体もクロードから愛されているという至極の悦びに支配された。

この世界でめぐり逢った一組の男女が、もっとも深い所で心を通わせ、本能のままに愛し合っている。その奇跡に感謝せずにはいられない。

「クロード、大好き、愛してる……」

「アンジェリカ、そなたは唯一の妃だ。僕も君を永遠に愛している」

愛を囁き合いながら、クロードの剛直がアンジェリカを揺すり上げる。ずぅんと重い感覚が脳芯に轟いた。彼の信念と同じ強靭な男根で、容赦なく擦り上げられた。

「ひぁ……それ、だめ……、あぁ、おかしくなっちゃ……っ」

「いいよ。僕の前ではどんなにおかしくなっても構わない」

身体中がどろどろの快楽に染め上げられる。どこからが自分でどこからがクロードなのか分からなくなる。ただ灼熱（しゃくねつ）を頼りに、媚肉がひくひくと震えてぎゅっと咥えこむ。

「あぅ……、奥……びくびくって……、あ、んぁッ……」

「――ッ、アンジェ……ッ、そんなに絞るな……ッ」

クロードが堪らずに呻く。

どくりと爆ぜるクロードの熱い脈動。蜜壺の奥に熱い白濁が叩きつけられた。

アンジェリカは、身の内に灼けるような熱を感じながら、全身でその迸りを受け止めた。

思うまま、感じるままに愛し合う。

満ち足りた幸せを感じながら、アンジェリカはクロードとひとつに溶け合った。

「アンジェリカ、毎日、本能のままに可愛がってあげるよ」

こうして秘伝の書よりも淫らな、変質的な寵愛が幕を開けることになる。

クロードは自身を抜くと、再びアンジェリカの花びらをじっくりと眺めまわし、舌の愛撫で心ゆくまで可愛がるのだった。

エピローグ

「アンジェリカ――ッ、無事でよかった！　わたし、わたし、アンジェリカが湖に落ちたかと……っ」

　翌朝、狩猟小屋に迎えに来た馬車の中から、シャルロッテが飛び降りてアンジェリカにがばりと抱きついた。

　クロードが昨晩のうちに、離宮で放し飼いにしている鷹を呼び寄せ、アンジェリカを無事に発見したから朝に迎えをよこすよう、アレン王子に連絡を入れていたということだ。

　子供のように泣きじゃくるシャルロッテを抱きしめながら、アンジェリカはよしよしと背中をさする。

「アンジェリカ、君が無事でよかった……。もし君が見つからなかったら、たぶん兄さんによって、死人が出ていただろう。本当によかった」

　同行したアレン王子も、不穏なことを匂わせながら、アンジェリカの無事な姿を見てほっと胸を撫でおろしていた。

「シャルロッテ、アレン様、心配かけてごめんなさい。私が悪かったの。一人で森の中に散歩に行って迷ってしまって……」

アンジェリカがそう謝った時、もう一台の馬車からリアンが降りてきた。後ろに弟のエリオットを従えている。

「――いいえ、アンジェリカ様、貴女のせいではございません。挙動の怪しかった弟から真実を聞き出しました。すべて私と弟の不徳の致すところ。弟はアンジェリカ様の命を危険にさらしてしまい、どのように償ってよいか分かりません……。エリオット！　許されることではないけれど、アンジェリカ様に土下座して謝りなさいっ！」

ものすごい形相でリアンがエリオットに迫る。

エリオットは、今にも泣きだしそうに顔を歪めている。

「だって、コイツがいなければ、姉さんが陛下と結婚できたかもしれないのに……！　僕はただ姉さんのためを思って……」

エリオットは、まだ諦めきれないようだ。

だが、リアンはぴしゃりとエリオットの頬を打った。

「――まだそんな戯言を……。もう、しようがないわね。いいこと、エリオットよく見て！」

リアンが唐突に羽織っていたケープを投げ捨てた。慌ててクロードが止めに入る。

「リアン、なにもここで……」

「いいえ、陛下。ちょうどいい機会です。私もそろそろ社交界に公表しようと思っていましたから」

リアンはクロードの制止を無視して、ドレスの上に着ていたジャケットを脱ぎ、ブラウスのリボンまで解き始める。

誰もがそのリアンの行動にあっけに取られていた。

いったい何をするつもりなのだろう？

「エリオットよく見るのよ」

リアンが自分のブラウスを下着ごとかなぐり捨てると、白い素肌の上半身が現れた。艶めかしい……男の上半身だった。

クロード以外、みな驚きに息を止める。

エリオットもあんぐりと口を開けていた。

「エリオット、これで分かってもらえたかしら？　私は男なの。でも小さな頃に母上を失った反動からか、女装をしていないと心が休まらないのよ。私は自分の精神の安定のために女装をしているの。だから陛下を愛しているわけがないでしょう？　女装をしているだけで、心も身体も男なんだから。もちろん、好きな相手は女性よ」

どうだと言わんばかりにリアンは平らな胸を反り返らせる。

「ね、姉さんが男……。嘘だ……。姉さんが、男……」

エリオットは天地がひっくり返ってしまったかのような衝撃を受けている。

「く、クロードは知っていたの……？」

アンジェリカが目を丸くしてクロードを振り返ると、可笑しそうに口元を綻ばせた。

「ああ、物心ついたときに相談されてね。リアンにも、ありのままの自分でいいだろうと助言をした。彼は今も昔も僕の幼馴染であり、僕の親友だ。女装をしていようと僕は彼……いや、リアンを信頼している。友としても臣下としても。これからもずっと」

不敬にもエリオットがクロードの言葉を遮った。

「うそだっ……。これは茶番だ！　姉さんの小芝居だ。だってジェレサールに一人で行く時、泣いていたじゃないか……っ」

リアンが思い切り溜息を吐く。

「あれはちょうど出発前に、女装のことで父さんに色々言われてね……。公爵家の嫡男なのにその姿で王の名代としてジェレサールに行くのは恥ずかしいとかなんとか。死んだ母さんが今の自分を見たら嘆き悲しむだろうと言われて、さすがに泣いてしまったけれど」

「そ、そんな……。ぼくはずっと、ずっと姉さんを姉さんだと思っていたのに……」

エリオットは顔面蒼白だ。両手で握りこぶしを作って、わなわなと全身を震わせている。

それもそのはず。小さい頃から大好きだった姉が実は兄だったのだ。

アンジェリカはちょっと可哀想になった。

心から慕う姉の本当の姿を知った衝撃は大きそうだ。

「そのことは謝るわ。ずっと黙っていてごめんなさい。私もまだ皆に公表する自信が持てなかったの。でも吹っ切れたわ。――けれど、まずあなたは、アンジェリカ様に謝るべきでしょう?」

さぁ、とリアンが腰に手を当てて迫ると、エリオットが力なく膝から崩れ落ちた。

胸ポケットから鍵のペンダントを取り出して、震えながらアンジェリカに謝罪の言葉を述べる。

「お、王妃様……僕の勝手な思い込みで危険な目に合わせてしまって申し訳ありません……」

「エリオット、いいのよ。私もいけなかったの。お互いに反省しましょう」

「――だめだ」

クロードが毅然とした声を上げた。

「エリオット、そなたは公爵家の子息ながら、王妃であるアンジェリカを故意に陥れようとした。彼女を命の危険に晒した罪は重い。私がアンジェリカを見つけなければ、森で獣に喰われていたか凍え死んでいただろう。幸運にも、雪が降っていたから獣が出なかったんだ」

クロードの言葉を聞いてアンジェリカはぞくりと身震いした。

あのとき、獣が来たらどうしようととても恐ろしかったのを思い出す。

「よって、エリオットは三年間、グレンディル辺境伯に預けることとする。身一つで一兵卒として国境の最前線で修練するよう」

エリオットはがっくりとうなだれた。

小声で、御意、と呟き、王妃様数々のご無礼を申し訳ございませんと、声を震わせながら平伏した。

「そしてリアン、勇気を出して告白をしてくれたことに感謝する。皆、このことは他言無用だ。社交界に公表するかどうかはリアン本人の問題だ。だが、もし公表するなら全力でリアンをサポートする。リアンの見た目がどうであろうと、リアンを友人として、政務の片腕として信頼している。それは今も昔も変わらない」

クロードがリアンを見ると彼女の瞳は少しだけ涙で煌めいていた。

「いやぁね。そんなことを言われたら好きになっちゃうじゃないの」

リアンは涙を滲ませながら、バシンとクロードの腕を叩いた。

「アンジェリカ様、私からも謝ります。私のせいで色々誤解をさせて危険な目に合わせてしまってごめんなさい。私と陛下は、ご覧のとおり、熱い男の友情で結ばれているだけなの。でも、今回のことで踏ん切りがつきました。社交界にも私が男であることを公表します。たとえ皆さんに受け入れられなくても、もうこそこそせずに、私はありのままの私でいたいから」

アンジェリカも目に熱いものが込み上げた。

自分もクロードもようやくありのままに愛し合う喜びを知った。

自分が自分らしく生き、人を愛することは何よりも代えがたく尊いものだ。

「リアン様……」

アンジェリカは思わずリアンに抱きついた。

その好機にぎゅっと抱き返され、うわ、柔らかい。可愛い……と呟かれる。

――が、リアンはすぐさまクロードによって引きはがされる。

「リアン、それ以上、アンジェリカに触れたら地下牢行きだ。覚えておけ。お前はなにかとアンジェリカに近づきすぎる。この間の舞踏会の夜も、馴れ馴れしくソファーでアンジェリカの隣に座っただろう」

「だっていい匂いがして、可愛らしいんですもの。食べちゃいたいくらい。クロードが虜になる気持ちが分かるわぁ。王妃様、クロードに愛想が尽きたらいつでも私が側にいてあげますわよ」

くすくすと笑うリアンにアンジェリカは、はっとした。

自分がずっと思い悩んでいた――クロードがリアンをアンジェリカから引き離し、自分のすぐ隣に座らせたのは、そういう訳だったのだ。

──リアンが実は男だから、私の隣に座らせたくなかったのだ。

「アンジェリカは僕だけのもの。誰にも渡さない」

クロードがアンジェリカを引き寄せ、あごを摑み上げてこれ見よがしに口づけを落とす。

その時、ちょうど雲間から朝日が差し込んだ。

口づけを交わす二人を鮮やかに、きらきらと照らしていた。

＊＊＊

一年後、ルドルバッハ神聖王国は祝福に包まれていた。

国王クロードとアンジェリカ王妃の間に、可愛い男の子──世継ぎが誕生したからだ。

子供が生まれてちょうどひと月が経った。

クロヴィスと名付けられた男の子は今、アンジェリカの腕に抱かれてすやすやと眠っている。

実は今日は国王と王妃夫妻が揃って神殿に誕生の神託を受けに行く日だったのだが、クロードはなんと神殿には行かずに、大神官を呼び寄せた。

「大神官、もう誕生の神託はやめにしないか？」

「な、なぜでございますか？　陛下……」

「誕生の神託は聞き飽きた。このところ何代にもわたって、まるきり同じ内容じゃないか。それは神託でも何でもない。全く意味のないものだ。なにより我が息子には、神託に振り回されず、自分で人生を切り開いていってほしい」

痛い所を指摘され、大神官は、ははっと畏まり、クロードの意のままに従った。

そういう経緯があり、アンジェリカの息子クロヴィスは、王家で初めて誕生の神託を受けてはいない。

アンジェリカはすやすやと眠る我が子を寝室の一角にあるベビーベッドの上にそっと横たえた。

赤子の寝顔ほど、愛おしいものはない。我が子ならなおさらのこと。

結局、狩猟小屋で結ばれた日以降、秘伝の書を開くことはなかった。

お互い欲望のままに、夜を愛で紡いできた。

そうしてすぐに大事な命を授かることができたのだ。

二人はもちろんのこと、アレン王子もシャルロッテも、リアンも国民も、みな喜びに沸いた。きっと辺境にいるエリオットも喜んでくれているだろうと思う。

　アンジェリカがクロヴィスの頬を撫でていると、いつの間にかクロードが隣にやってきた。

「そのように赤ん坊を愛おしそうに見つめているそなたほど美しいものはないな」

「クロード……。本当によかったの？　代々続いていた誕生の神託を断ってしまって」

「無論だ。我が国は神聖王国であるから神殿を無碍にはしないが……、人は神託に縋ろうとする。それは神託に祝福がある場合だ。生き方を制限するのは神託などではない。ましてや内容がずっと同じなんてあり得ない。そんな神託を受けた子供が可哀そうだ」

　アンジェリカはクロードの胸にひたりと抱きついた。

　ずっとずっと神託によって自分の欲望を堪えていたクロードが不憫でならない。でも、今はこうして心から愛し合えることができる。

　それは神様に素直に感謝しよう。

「だが、誕生の祝福がないのは可哀そうだな……。そうだ、僕がこの子に祝福を与えよう」

「まぁ、それはいい考えだわ。どんな祝福を与えるの？」

　するとクロードがにやりと瞳を煌めかせ、厳かな声を上げる。

「これより、我が子クロヴィスに余から祝福を与える。――欲望を我慢するな。思うままに愛しき人を愛せ。クロヴィスが心から愛する伴侶と巡り合えるように――」

アンジェリカは心の中に温かなものが広がっていくのを感じた。

父親から最高の祝福を与えられたのだ。

将来、クロヴィスがどんな女性を愛するのか、今から楽しみでもある。

アンジェリカがクロヴィスを見つめてうっとりしていると、いきなりクロードに抱き上げられた。

「きゃぁっ」

「アンジェリカ、おいで、今から存分に可愛がってあげよう。愛しいアンジェリカ」

「あ、や……。くろ……、ど……」

寝台に組み伏せられ、クロードとの深い口づけにすぐに頭の中がぼうっとする。

「ふ……ふぅ……ん、んっ……」

喘ごうとする唇を熱い口づけで封じられ、淫らな口づけを交わし合う。二人は夢中でお互いの唇を貪り合う。

今宵も二人の濃艶な夜が始まっていく。

「アンジェ……甘い、可愛い……今日もたっぷりとありのままのアンジェリカを愛させて」

クロードがアンジェリカのネグリジェに手をかけた時、ベビーベッドから「ふぁぁ――ん」と大きな啼き声が上がる。

二人は動きを止めて、顔を見合わせて苦笑した。

アンジェリカは愛しい我が子を抱き、あやしながら寝台に戻る。すると背後からクロードが二人を包み込んだ。

アンジェリカはクロードの温もりにそっと背を預ける。

――神様、こんな日がずっと永遠に続きますように。

「クロヴィス、早く寝ろ。昼は仕方がないからアンジェリカをお前にやる。だが夜はこの私のものだ」

クロードがもう我慢できないというようにアンジェリカのうなじに口づける。

アンジェリカは幸せを噛みしめながら、くすくすと笑った。

「もちろん、私は夜も昼もクロード様のものです。寝かしつけるまで、あと少しだけ我慢してくださいね」

アンジェリカが首を回して宥めるように唇を重ねると、クロードが大人しくなった――のだが、お尻にあたるクロードの筒状の太いものがびくんと反応した。

ありのままの彼は、どうやら聞き分けがないらしい。

まるで二人の子供をあやしているような気持ちになった。

可愛い我が子と愛する夫。王都の夜は静かに更けていく。

寝台の上の二人に窓から月明かりが優しく降り注いだ。

二人はどちらからともなく、再び唇を重ね合う。

なによりも代えがたい幸せがここにある。

アンジェリカはクロードにぎゅっと抱きしめられながら、至福の喜びに満たされていた。

あとがき

こんにちは。ヴァニラ文庫様では初めましてになります。月乃ひかりと申します。

このたびは「聖人君子な国王の変質的な寵愛～淫らに豹変して困ってます～」をお手に取ってくださりありがとうございます。

また、ヴァニラ文庫様で皆さまにお目にかかる機会をいただきまして、とても嬉しく思っております。

あとがきに4Pもいただいたので、まずは自己紹介からさせてくださいませ！

実は私、ヴァニラ文庫様と同じ出版社「ハーパーコリンズ・ジャパン」様から刊行されているロマンス小説「ハーレクイン」の大・大・大ファンでありまして、母親の影響で大学時代から、小説もコミックスも愛読しております。

ハーレクインをきっかけに、海外のロマンス小説にハマってしまい、読むだけでは飽き足らず、自分でもラブストーリーの妄想が次々に浮かび、思い切ってウエブ小説に投稿したのがきっかけとなり、商業デビューいたしました。

今は海外ロマンス小説も、TL小説もこよなく愛しております。

また、小学生の頃から妄想好きで、当時の愛読書は、佐藤さとる先生著の「誰も知らない小さな国」(講談社)でした。

このお話は、小人のコロボックルが登場するファンタジー小説なのですが、小学生の頃は、庭の葉っぱの裏にコロボックルが潜んでいないか探したりしていました(笑)

しかもコロボックルのように昆虫とも話ができると思って、庭の木にできたミツバチの巣に向かって「蜂さん、蜂さん、こんにちは」と近づいて、鼻をブスリ！　と刺されたのはとてもイタイ記憶です。今も鷲鼻なのはそのせいのような気がします。

また、お話を書くのも好きで、小学生からショートストーリーやイラストを時々書いていました。小学校の先生に、「ひかりちゃんはお話を書くのが好きだから、小説家になったらいいよ！」と言われたのが今も記憶に残っています。

ウン十年後(笑)に、それが現実になりました。夢はいつか叶うんだなぁと、今、こうして物語を書いて皆様にお届けできる幸せをかみしめております。

長々とここまで自己紹介にお付き合いいただきすみません。

それではそろそろ本題に！

今回のお話は、神託によってヒーローが自分の「欲」を自制するお話です。

愛するアンジェリカを妻として迎えたにもかかわらず、男として愛する人を悦ばせ、またお互いに高めあう、愛の交わりさえも自制しなければなりません(笑)

でも二人には子作りの義務もあります。

欲望が暴走すると困るので、クロードの性交はお互いに夜着を着たままで、手淫でぎりぎりまで昂らせて、フィニッシュ時にちょっと入れるだけ……。

挿入したまま微動だにできず、書いていてクロードが可哀そうになりました(笑)

アンジェリカは、もちろんクロードが初めての人なので、なんだかおかしいと思いつつもエッチってこんなものなの？　と納得してしまっていました。

ですが、親友のシャルロッテから色々な情報を仕入れ、やっぱりクロードとの閨が普通の夫婦とは違うことに気がつきます。でもそれはひとえに自分に魅力がないことと、クロードが聖人君子すぎてあまりに高潔なため、淫らなことを毛嫌いしているからだと思い込んでしまいます。

そんなある日、世継ぎが生まれないと国に災いが降りかかるという神託を受け、秘伝の書のとおりに濃厚な夜の交わりを二人で協力して行っていきます。

閨でのクロードの言葉をアンジェリカが正反対の意味に捉えて思い違いをしているのですが、そこも楽しんでいただければ嬉しいです。

また後半では、幼い頃に母親を失ったせいで女装をしないといられないというトラウマを抱えた公爵家の長子リアンが登場いたします。

人はみんな多かれ少なかれ様々なトラウマを抱えていると思います。

自分が自分らしく生きるために、人と違っていること、普通とは違うことでも、寛容に認め合う世界になればいいなという思いを込めました。

そしてお読みくださった皆様が、クロードとアンジェリカのハッピーエンドに、幸せな気持ちに包まれますように、という願いも込めました。

本作の刊行にあたりまして、お世話になりました編集者様、ありがとうございました。また、素晴らしいカバー絵や口絵、挿絵を描いていただきました漣ミサ先生、ありがとうございます！　クロードもすごくかっこいいのはもちろんですが、アンジェリカが可愛すぎて感激してしまいました。惚れてしまう～。

そして刊行の機会を与えてくださったヴァニラ文庫様や、ツイッターでいつも優しいお言葉をかけてくださる作家のお友達、フォロワーの皆様に感謝申し上げます。

なによりも、この本をお手に取ってくださった読者の皆様に、心からの御礼をお伝えいたします。

またいつか、お会いできますように。

月乃ひかり　拝

原稿大募集

ヴァニラ文庫では乙女のための官能ロマンス小説を募集しております。
優秀な作品は当社より文庫として刊行いたします。
また、将来性のある方には編集者が担当につき、個別に指導いたします。

◆募集作品

男女の性描写のあるオリジナルロマンス小説（二次創作は不可）。
商業未発表であれば、同人誌・Web 上で発表済みの作品でも応募可能です。

◆応募資格

年齢性別プロアマ問いません。

◆応募要項

・パソコンもしくはワープロ機器を使用した原稿に限ります。
・原稿は A4 判の用紙を横にして、縦書きで 40 字 ×34 行で 110 枚 ~130 枚。
・用紙の 1 枚目に以下の項目を記入してください。
　①作品名（ふりがな）/②作家名（ふりがな）/③本名（ふりがな）/
　④年齢職業 /⑤連絡先（郵便番号・住所・電話番号）/⑥メールアドレス /
　⑦略歴（他紙応募歴等）/⑧サイト URL（なければ省略）
・用紙の 2 枚目に 800 字程度のあらすじを付けてください。
・プリントアウトした作品原稿には必ず通し番号を入れ、右上をクリップなどで綴じてください。

注意事項

・お送りいただいた原稿は返却いたしません。あらかじめご了承ください。
・応募方法は必ず印刷されたものをお送りください。CD-R などのデータのみの応募はお断りいたします。
・採用された方のみ担当者よりご連絡いたします。選考経過・審査結果についてのお問い合わせには応じられませんのでご了承ください。

◆応募先

〒100-0004　東京都千代田区大手町 1-5-1　大手町ファーストスクエアイーストタワー
株式会社ハーパーコリンズ・ジャパン　「ヴァニラ文庫作品募集」係

聖人君子な国王の変質的な寵愛

～淫らに豹変して困ってます～

Vanilla文庫

2022年7月5日　第1刷発行　定価はカバーに表示してあります

著　者　月乃ひかり　©HIKARI TSUKINO 2022
装　画　漣ミサ
発行人　鈴木幸辰
発行所　株式会社ハーパーコリンズ・ジャパン
東京都千代田区大手町1-5-1
電話　03-6269-2883（営業）
0570-008091（読者サービス係）
印刷・製本　中央精版印刷株式会社

Printed in Japan ©K.K. HarperCollins Japan 2022 ISBN978-4-596-70979-0